Meu revólver era velho

Meu revólver era velho

Joffre Rodrigues

© 2012 by herdeiros de Joffre Rodrigues.

Direitos de edição da obra em língua portuguesa no Brasil adquiridos pela EDITORA NOVA FRONTEIRA PARTICIPAÇÕES S.A. Todos os direitos reservados. Nenhuma parte desta obra pode ser apropriada e estocada em sistema de banco de dados ou processo similar, em qualquer forma ou meio, seja eletrônico, de fotocópia, gravação etc., sem a permissão do detentor do copirraite.

EDITORA NOVA FRONTEIRA PARTICIPAÇÕES S.A.
Rua Nova Jerusalém, 345 – Bonsucesso – 21042-235
Rio de Janeiro – RJ – Brasil
Tel.: (21) 3882-8200 – Fax: (21)3882-8212/8313

CIP-Brasil. Catalogação na fonte
Sindicato Nacional dos Editores de Livros, RJ

R613m   Rodrigues, Joffre, 1941-2010
          Meu revólver era velho / Joffre Rodrigues. - Rio de Janeiro: Nova Fronteira, 2012.
          21 cm

          ISBN 978-85-209-2549-2

          1. Romance brasileiro. I. Título.

CDD: 869.93
CDU: 821.134.3(81)-3

O MEU REVÓLVER ERA VELHO, mas ainda assim devia funcionar. O gatilho, dada paralisia de uso, era duro. Encostei a arma na minha têmpora. Pô! Que metal frio. Era bom me acostumar mesmo. Sempre ouvi dizer que a morte era fria. E os detalhes? Aqueles minúsculos eventos, quase atômicos, que faziam, no saldo final de uma vida, cósmicas diferenças. Os malditos detalhes que me levaram a este extremo da minha vida?

Casei-me com a mulher que amava. Alguém pode querer mais? Na época, bem-empregado, a vida me parecia um prazer só. Minha mulher era linda e tinha todas as qualidades que sempre desejei que uma mulher tivesse. O que era esse conjunto de coisas? Simples. Ela era uma mulher que nascera para ser mulher. Não dona de casa, não serviçal, não diarista, não garota de programa, apenas mulher com todos os desejos de qualquer outra, fosse ela bonita ou feia.

Aliás, quanto a isso, devo reconhecer que seu desejo sexual era mil vezes maior do que qualquer outra mulher jamais teve. Antes mesmo do nosso casamento instalou-se em mim um ciúme mortal. Tinha ciúme de tudo e de todos que se aproximavam dela. Tinha ciúme de qualquer sorriso a mais que ela desse para quem quer que fosse.

Começamos nosso casamento em cores e perfumes. Sem sustos, temores ou surpresas. A todo o vapor. Por um tempo foi a glória. Retumbante sucesso. O tempo passou inebriante. Sexualmente formávamos uma amálgama perfeita. Tudo o que eu queria, ela também desejava. Para o que ela quisesse me tornava seu cúmplice. Ela chegava a me surpreender com a sua fome de cama. Inclusive para dormir. Mas a cama não limitava nossas atuações sexuais. Qualquer lugar servia. Qualquer momento também. Mas quanto mais feliz eu era, maior o ciúme. Ele crescia. Proliferava. Aumentava e se multiplicava.

Foi aí que começaram os indícios. No início insignificantes, mas foram crescendo com o passar dos segundos, minutos, horas; porra, o tempo enfim. O ciúme, esse grande inimigo de todos os homens e mulheres e até de animais, quem sabe, fazia-me sofrer. Naquela época, hoje, séculos atrás, acho que sofrera do meu por ela, até mesmo quando nem feto era. Não sabia o porquê. Já que nos amávamos tanto. Sentia e reconhecia meu ciúme doentio por aquela mulher incrível que eu tanto amava. Mas ainda não ligava o sofrimento ao ciúme. Talvez até porque na minha consciência seletiva não quisesse ligar uma coisa à outra. Mas foi esse ciúme, maldito e diuturno, que me acabou levando ao espelho mirrado e quebrado. O ciúme, o medo que ele me provocou e o próprio medo de perder na minha liça conjugal qualquer batalha por causa dele.

O espelho era pequeno e, além de sua pequenez, estava rachado. Mas nele, com o metal frio encostado na cabeça, vi um ricto muito estranho na minha cara com barba por fazer. Talvez o medo da dor que a bala provocaria ao percorrer meu cérebro. Mas não podia ser! A bala era rápida e o que tinha de um lado ao outro era só massa cinzenta. Ouvi dizer a vida toda que os caras que operavam o cérebro não precisavam de anestesia. Ora bolas, por que eu, no meu suicídio, haveria de precisar? Mas o banheiro era minúsculo, e o que eu via pelo espelho rachado dava a impressão de ser maior. Até o ricto.

Na hesitação final, do puxa não puxa o gatilho, tive tempo de olhar através do meu reflexo aquele cubículo que eu até o crucial momento da minha vida chamava de quarto. Tudo espalhado, amarfanhado. Num canto em que se encontrava a janela, única e solitária, tinha o que eu chamava de uma minicozinha. O fogão imundo estava sem panelas, sujas ou limpas, vazias ou cheias. Aliás, cheia não se encontraria uma sequer, já que há algum tempo vinha matando minha fome, quando tinha, com sanduíches de mortadela. Comprava-os com o resto do meu dinheiro na padaria que ficava na loja do prédio pocilga em que eu estava morando. O último na escala descendente dos meus percalços.

Aquela visão do quarto me deu a vontade final que faltava para ir avante com o gesto letal. Finalmente engatilhei o bicho. Nem medo tive. Nesse instante ouço baterem na minha porta. Pareceu-me, então, uma dublagem cômica. Enquanto tentava apertar o gatilho enferrujado, a velha porta sofria com batidas decididas. Abaixei a arma que seria o meu passaporte para a derradeira viagem. Olhei para o espelho, via-me agora sem o ricto. Pensava em quem poderia ser o autor daquela interrupção ignara, inesperada e sonora. Consegui achar certa comicidade entre o revólver e as batidas na porta. Não devia, mas fui atender. As batidas não cessavam. Agora, mais curioso do que suicida, dirigi-me à porta do cubículo.

Carcomido pelo tempo, roto pelo uso, barbado e trôpego, eu caminhava na direção das batidas. Minha curiosidade aumentava enquanto meu joelho doía. Elas não cessavam, as batidas, quero dizer. A cadência era enervante. Ainda ofegante pela minha recente imagem no espelho, continuei meu caminho em direção à porta.

Porra! Quem poderia ser? Não me lembrava de ninguém que pudesse me procurar, naquele quarto, num momento tão importante para o meu futuro. O porvir que eu percebera no espelho. Ah, o porvir, eta palavrinha metida a besta. Titubeante, toco a maçaneta. Esquecido do revólver ainda na minha outra mão, faço o esforço maior. Giro o metal frio, aliás, será que tem metal que não seja frio? Abro a porta esperando qualquer coisa. Tudo seria possível.

Não disse que tudo seria possível? Papel celofane. Cores. Flores. Fiquei estatelado. Os papéis celofane vieram em minha direção. As cores e as flores entranhadas e carregadas neles. Eram de várias cores os papéis, assim como as flores. Entre os papéis e as flores não havia um mínimo sequer de concordância. As ondas de perfumes misturados me envolviam. Peguei o buquê. E o que vinha atrás daquela chegada colorida e apoteótica? Uma moça. Moça na idade e menina no tamanho. Foi uma chegada estranha. Do lado de lá, a menina pequena, doce de aparência; do lado de cá, eu, surpreso, com as flores na mão direita e na esquerda, o revólver.

Ah! Me esqueci de dizer. Eu era canhoto ou sei lá. Sou de esquerda ou quem sabe só canhoto mesmo. Essa coisa de se autoidentificar politicamente para todos e por qualquer motivo era muito chato. Parecia que por aqueles segundos, o mundo parara. O horror no rosto dela ao perceber o revólver, transformou-a em estátua. Pelo meu lado, ainda surpreso, estático estava, estático fiquei. E nossos sustos juntos transformaram tudo em pedra, sem veios ou arestas. Quase monumentos pétreos, ficamos em nossos silêncios uníssonos. Sei lá quantos segundos se passaram, quando ao mesmo tempo criamos som: "Oi!"

Ela	— Para que isso? (olhando o revólver que permanecia na minha mão)
Eu	— Quem é você? Que flores são estas?
Ela	— Você não se lembra de mim?
Eu	— De você? De onde? Quando?
Ela	— Sou Maninha. Lá de Ouro Preto. Não se lembra?
Eu	— Não tenho certeza. (Aliás, tinha certeza que não.) Você por acaso não era morena?

Alegre, considerando-se a mulher mais bonita do mundo com aquela nada sutil mudança — sem saber de nada, eu acertara.

    Ela   — Era. Mas pintei o cabelo. Agora sou loura. (Girou a cabeça para que eu visse a transformação por completo.)

    Eu   — Agora me lembro. Maninha de Ouro Preto. (Fazer o quê?)

A menina, a moça, sei lá, não conseguia me focar. Seu olhar ia e vinha do revólver para mim. Eu nem percebia mais que a arma estava na minha mão. Até que me dei conta e a pousei na cômoda ao lado da porta. Ainda nada refeito daquela inimaginável interrupção, faltou-me o que dizer por algum tempo. Finalmente as palavras saíram.

    Eu   — Por favor, entre, não repare a bagunça.

Já tinha esquecido o reflexo do meu esgar com o revólver na têmpora em frente ao espelho. Abri mais a porta para facilitar-lhe a entrada.

    Ela   — Estou incomodando?

Deu uma olhada furtiva na arma. Tinha medo de verdade daquele revólver besta.

    Eu   — Nem por isso, estava só limpando meu revólver.

Mentira imbecil, pensei, mas agora não ia remediar nada. Ia ficar assim mesmo. Maninha já entrara. Fechei a porta, tentando adivinhar o que estava acontecendo, quando a menina perguntou:

Ela	— (Tentando sorrir. Ainda não passara o susto provocado pelo revólver.) Você está bem?
Eu	— (sem entusiasmo) Tudo bem.
Ela	— A titia não chegou ainda?
Eu	— Que titia?
Ela	— A minha, ora essa. A tia Adriana. Ela ficou de trazer a torta.

Cada vez eu me perdia mais. Não estava entendendo nada. Pra começar, de jeito algum eu havia reconhecido a Maninha. Loura ou morena, nunca havia visto aquela garota nem em Ouro Preto ou menos ainda em Marabá, onde por acaso eu nunca estivera. Ainda por cima, agora, a tia Adriana com torta e tudo. O que estava acontecendo minutos após eu tentar pôr fim ao nefasto desgaste da minha estúpida existência?

Ela	— Vamos dar um jeito na casa antes dela chegar?
Eu	— Claro!

Não fiz nada naquela bagunça. A Maninha deu conta de tudo. Parecia um motorzinho com cara e corpo de mulher. Uma experiente dona de casa, sei lá. E ainda por cima estava para chegar a tia dela com uma torta. Eu, que só vinha comendo pão havia dois dias, estava pasmo. Torta numa hora dessa e para quê? Por quê? Peraí, torta era sempre uma torta. Nem interessavam as razões. Se estava pra chegar, era bem-vinda. Esperei. A menina limpava.

Então comecei a me enamorar pela imagem da tal torta. A imaginá-la. Saboreá-la. Ela começou a me conquistar. Quero dizer, a torta. Ao contrário das coisas naturais, deu-se início a um namoro gastronômico às avessas. Ele me devorava a imaginação e fazia meu estômago contrair. De que seria? Quem sabe de chocolate? Eu adorava chocolate. Mas sabe de uma coisa? Nem interessava o sabor. Qualquer um serviria. Mas até que o recheio podia ser, pelo menos ele, de chocolate. Peraí, com certeza o recheio já bastaria. Melhor ainda, qualquer recheio já estaria bom. Na minha vida sempre quis tudo, nunca consegui coisa alguma. É, qualquer recheio já estaria bom.

E a tia Adriana, por que não chegava trazendo logo a torta? Por que a Maninha falara nela? De onde eu estava, via a arma. Agora sem significado maior, até a mim incomodava. Só pensava na torta. Só ela me interessava. Aliás, torta é uma palavra de mil significados. Podia ser uma emoção lúdica, gastronômica, saborosa, bonita, nutritiva, ou cheia de pecados se o sujeito estivesse gordo. Havia sentado numa cadeira desgastada como o quarto que a moça se esmerava tanto para arrumar. Levantei-me, fui até a cômoda e guardei a arma na gaveta de cima. O velho revólver, meu querido amigo. Queria estar pronto para ele, a última paixão na minha reticente vida. O tempo passava e o atraso da tia Adriana já me incomodava. A torta que não chegava me corroía por dentro enquanto a menina arrumava o impossível.

Batem na porta! Finalmente a torta! Com ela estaria, é claro, a famosa tia Adriana. Enquanto Maninha, acelerando a assim a chamada faxina, entre uma colcha e um travesseiro, perguntou:

Maninha   — Não vai atender, Jorge?

Ah, é. Nem me lembro no que pensava àquela hora para não ter atendido imediatamente a campainha. Projetei-me para a porta, quase me afogando na própria saliva. Já imaginava a primeira fatia da torta. Talvez a que eu mais quisesse. (Aliás, já disse, a de chocolate. Quem sabe?) Abro antes que batessem de novo. Não havia nem tia Adriana nem a torta. A minha porta era golpeada pela segunda vez naquele dia, era uma velha desdentada esticando a mão. Pensei logo em esmola.

Imagine só, logo a mim ela vinha pedir esmola. Nem percebi que ela estava cheia de embrulhos. Sem pensar duas vezes, bati a porta naquela cara sem dentes sorrindo. Que coisa feia, pensei na hora.

Daquela presença tão inesperada quanto indesejada, o que eu queria mesmo era a minha torta. Somente ela. Como a desdentada não era a tia Adriana, não podia estar trazendo nenhuma torta. Com ou sem a tia Adriana, que, diga-se de passagem, era agora um mero detalhe, o que eu queria mesmo era a torta. Enquanto isso, a Maninha parecia descobrir mais sujeira naquele cubículo do que eu jamais imaginara. Não terminava nunca. Já estava me dando nos nervos.

Eu	— Está tudo nos conformes. E a torta? Não vai chegar?
Maninha	— (como se não me ouvisse) Quem era, Jorge?
Eu	— Uma pedinte qualquer!
Maninha	— Como *pedinte*?
Eu	— Uma velha pedindo esmola.
Maninha	— Você perguntou o nome dela?
Eu	— Nem deu tempo. Não suporto essa coisa de esmola.
Maninha	— Vai ver que era ela.
Eu	— Não parecia nem um pouco. Nem vi torta nenhuma.
Maninha	— Titia é uma grande cozinheira! Imagine, ela cozinha para fora, para botar uma dentadura nova. Imagine você, naquela idade.

Cá comigo pensei: grande cozinheira? Então com certeza a torta seria deliciosa. Lembrei naquele momento: a pedinte não tinha um dente sequer na boca. Fui para a porta correndo. Abri. Por um automatismo que criara (considerava uma qualidade) retirei as chaves da fechadura e as coloquei no bolso. Ninguém! Comecei a correr pelo corredor. Procurava pela tia Adriana, ou melhor dizendo, pela torta.

Senti como não me acontecia havia muito tempo. Queria. Necessitava. Sentia premência enorme por alguma coisa. E a mulher sumira. Quase gritei: "Tia Adriana!" Desci as escadas como um louco. Nada. Nem a tia Adriana nem a torta. Continuei a descer os degraus de dois em dois, às vezes até de três em três para chegar à rua. Olhei para todos os lados: nada. Perdi-me. Caramba, só essa descida pela escada já tinha me cansado! Estava ofegante. Não sabia no que pensar. Tudo desaparecera, até os prédios sumiram, achei. Menos a multidão ao meu redor. Indo e vindo. Só não via a tia Adriana, ou melhor dizendo, só não via o que me interessava: a torta. No meio da multidão, é claro, devia estar ela.

Comecei a andar sem destino algum. Não sabia o que fazer. Pensei em voltar para o cubículo, mais conhecido como apartamento 301. Mas para quê? Ver a Maninha continuar a limpeza? Não. Impossível! Joguei-me no mar humano que não parava de ir e vir, como se fossem ondas raivosas de um oceano furioso.

Estranho: pensando na torta, pensei também no meu casamento, na minha mulher, no meu ciúme. Caramba, não é que além de querer mordê-la, eu estava ficando com ciúme da torta também? Lembrei do espelho, do revólver. Não podia deixar a Maninha sozinha com o meu revólver. Mas meu foco estava voltado para a torta. Está claro que eu devia impedir-me de ter ciúme por algo que servisse só para encher o estômago. Peraí! Torta não enchia só o estômago de alguém: ela tinha sabor, era um prazer especial. Mesmo assim, eu devia impedir-me de ter certos sentimentos. Tipo, ciúme de uma inesperada torta. Aí já era maluquice.

As pessoas pareciam tentar escapar umas das outras. Uma verdadeira tourada coletiva, onde todos eram touros e toureiros ao mesmo tempo. Daí o espelho. A memória dele e de todo o resto pelo qual tinha passado nos últimos anos. O que sentira. O que me faltara. O que me causara a falta de vontade de viver.

Não conhecia a morte. Claro que ainda não! Mas o que conhecera aqui, neste mundo, nada tinha a ver comigo. Dormir, acordar, trabalhar, sonhar, pensar no futuro, lembrar das chances perdidas, das que preferi, mas não deram em nada, no amor, no desamor, na separação, na solidão, nas festas chatas em que sempre me achava sobrando (e o pior, sobrava mesmo). Sempre fui embora mais cedo quando não era o primeiro a sair. Fazer o quê nas festas? Conversar sobre o quê? Todos os assuntos se baseavam nas experiências de cada um, como se elas fossem importantes. E a minha era? Claro que não. Então é fácil entender por que nunca gostei de festas ou das experiências alheias contadas em minúsculos detalhes ou das minhas sequer mencionadas. Mas o pior mesmo era quando o assunto eram as novelas. O capítulo da noite anterior. As paixões que o assunto suscitava. Era quase a depravação no seu auge, rugindo vencedora. Eu que nem televisão tinha. Nunca sabia de nada. Não suportava nada disso. Fui me afastando de todo mundo até me transformar no companheiro de mim mesmo (ambos solitários, claro). Continuei a me desviar da multidão que vinha contra mim como uma manada de touros.

Aí o inesperado: fui reconhecido! Era ele, o Flávio, que tentava vir até mim com sua eterna alegria, refletida no seu sorriso de anúncio de pasta dental. Daí seu apelido: Colgate.

Colgate   — Jorge, como está essa força?

Quando me casei, uma das coisas que vi e tenho presente até hoje na minha retina era aquele sorriso entre debochado e feliz. Como disse antes, sorriso de anúncio de pasta de dente. Talvez o Flávio fosse a última pessoa que eu quisesse encontrar naquele dia, já que não pretendia ou queria encontrar com quem quer que fosse. Só a tia Adriana (e com ela, a torta). Não tinha jeito mesmo. Tinha que ser cara ou coroa. Na minha cabeça, deu coroa. O que significava ir para a esquerda. Fui então para a esquerda atrás da torta. Imagine: o Colgate veio atrás de mim.

    Colgate   — (gritando) Jorge, peraí!

Eu quase correndo.

    Eu   — Diz que não estou!

Ele não entendeu nada da minha resposta negativa e claro que nem eu. Resposta mais burra. É, mas ao mesmo tempo camaleônica. Daquele tipo de se esconder na cor da burrice para evitar que o inimigo, com sua pretensa inteligência, aniquilasse você. Corri evitando chamar a atenção. Consegui. Quero dizer, acho que consegui não chamar muito a atenção da multidão, a qual eu tentava desviar do caminho. Mas do Colgate tive a certeza. Bastou olhar para trás. Tinha corrido muito. Estava longe dele. Não via mais o Colgate, só tinha ainda na memória o seu sorriso branco, talvez até o hálito que eu me lembrava do dia do meu casamento, já que hoje eu não o deixara chegar perto para tanto.

    Arrefeci. Continuei a procurar pela torta, sempre com pressa. Estava passando pelo Passeio Público, com suas árvores centenárias, seus gramados malcuidados, seus bancos e suas cotias. Eta animal simpático. Que olhar. Que doçura. Pareciam querubins de quatro patas. Tanta santidade no seu olhar. Mas o que eu queria mesmo era o pecado. O antiolhar das cotias.

    Aquela mulher que eu tive. Mulher como aquela minha, cheia de pecados, sensual como a mulher do Adão, com maçã e tudo. O que um homem poderia querer mais? Já sei, hoje a torta. Suas camadas de chocolate entremeadas também de chocolate. Mas... espera aí: e se ela não fosse de chocolate? Tão sonhado e imaginado. Sabe do que mais? Não tinha a menor importância. Torta era torta. Bastava que o recheio fosse de chocolate. E se fosse de outro sabor, tudo bem, também. Mas onde ela está? Quadrada. Redonda. Cheia de curvas, como minha ex-mulher. Côncavas e convexas. Cadê o meu objeto de desejo? Pô, estava por ali por perto. Afinal de contas, a tia Adriana não era nenhuma atleta, nem sua criação, que me foi apresentada como torta, tinha pernas.

Já minha mulher, que pernas, que coxas e que todo o resto. Pensava nela enquanto que com a minha memória visual feminina mais recente lembrava da velha desdentada expulsa por mim e que eu queria tanto de volta (com a torta, é claro). Vanessa, esse era o nome da minha mulher, ainda por cima era promíscua. Isso foi o que me machucou mais. Ela sempre soube que eu a amava perdidamente, mas mesmo assim foi com outros. Foi com muitos. Foi com todos. Até com o Colgate, ela foi.

E eu? Por tanto tempo sequer desconfiei? E o ciúme onde foi parar? Sempre presente. Ele estava sempre lá. Mas acho que nunca quis ceder. Perder para ele? Por quê? Confiava nela. Mais nela até do que em mim. Por isso o ciúme nunca venceu. Só quem perdeu fui eu e só eu. É duro, né? Uma partida sem vencedores, só um perdedor. Vamos para o presente, já que o passado nunca me rendeu nada!

O presente era ela, a torta que me consumia, como tudo na minha vida que me sorvera. Estava cansando. Graças à fome de agora adicionada à que já durava muitos dias, eu me encontrava meio fraco. Após essa corrida então... Por que não dizer logo? Estupidamente fraco. A cada passo apressado, o cansaço apertava. À minha volta, o mundo começava a ficar fora de foco. As coisas começaram a escurecer até o preto total. Não me lembro de nada. Nem sei o que aconteceu.

Quando acordei, pensei estar no Paraíso. Tudo em volta era branco, lunar. O meu foco foi voltando. Voltando para valer. E o branco que deveria ser branco lunar ia amarelecendo. O foco finalmente voltou totalmente. Que Paraíso que nada: era meu antigo conhecido Souza Aguiar. Que branco amarelado que nada, era sujo mesmo. Como decaíra o Souza Aguiar. Viveu sua época em que era excelência na emergência, pelos menos isso era o que eu ouvia falar pelos cantos da cidade. O maior hospital da América do Sul. Claro, os cariocas tinham o maior orgulho, mas até o orgulho deles amareleceu com o hospital. E eu lá. Ih! Tinha até soro espetado no meu braço. Estava me sentindo melhor. Até que meu foco sonoro voltou também. Com ele, os gritos dos outros pacientes. Os gritos naquele Pátio dos Milagres carioca eram incríveis. Aliás, o pátio, apesar de carioca, era meio medieval. E como! No meu caso, que já estava com soro e tudo, só precisava mesmo de alguém vir cuidar de mim para eu mudar de opinião. A visita, mesmo de uma enfermeira chegando perto da minha cama seria o bastante. E não é que veio? Pasmei: visitado pela enfermeira. Era gorda, mas enfermeira, e até que simpática. Não poderia querer mais.

Enfermeira gorda	— O senhor está melhor?
Eu	— Muito melhor.
Enfermeira gorda	— O senhor chegou aqui mal. Bem mal.
Eu	— Não percebi, nem me lembro de nada.
Enfermeira gorda	— Veio aqui uma moça lhe visitar. O nome dela é Maninha. Mas na hora que ela veio o senhor ainda estava mal. Ela foi mandada embora pelo dr. Santoro. Disse que voltava hoje.
Eu	— Quem? A Maninha?
Enfermeira gorda	— Claro!

Eu	— Poxa. A Maninha! A faxina devia ter terminado. O médico disse quando eu sairei?
Enfermeira gorda	— Não disse nada. Mas acho que amanhã ou depois o senhor vai poder ir. Agora tenho que continuar minhas visitas. Depois eu volto.

Fiquei sozinho de novo. Mas, para falar a verdade, até preferia a companhia do bloco do eu sozinho. Não só estava acostumado, mas, além disso, os gritos de dor dos outros pacientes acompanhavam meus pensamentos. Não que meus pensamentos variassem muito daqueles do meu dia a dia, mas me faziam sentir mais sadio. Os outros sofriam. Eu não. Caramba, não é que me sentia melhor mesmo? Ah, o que não vale o sofrimento físico dos outros! Eu, por exemplo: estava me sentindo muito melhor com aqueles gritos alheios. Uma verdadeira sonoplastia que massageava aquele meu ego tão ferido. Deitado naquela cama e os outros pacientes gemendo, na pior das hipóteses, ou na melhor, quase uivando, tenho vergonha de dizer, fazia-me bem e muito.

As luzes foram acesas. Vinha aquela simpática enfermeira gorda enfrentando os gritos e os gemidos da enfermaria na qual eu me encontrava, abrindo caminho para outra mulher também uniformizada. Essa outra, menos simpática, empurrava um grande carrinho metálico lotado de bandejas, que, por sua vez, estavam cheias de comida. Ela veio em minha direção. Sempre sorrindo.

Lia	— Seu Jorge, meu nome é Lia. O senhor agora tem que se alimentar. Mandei caprichar. O doutor mandou o senhor se alimentar bem. O senhor tem que ficar forte para poder ir embora.

Outra enfermeira	— Aqui está. A sua é especial.
Eu	— Brigado.
Outra enfermeira	— (tentando sorrir) De nada.

Ela seguiu para a outra cama. Enquanto isso, a minha enfermeira preferida, após regular aquela típica mesinha hospitalar, aquela que vira para qualquer lado que se queira e que naquele instante estava entre minhas entranhas vazias e minhas pernas magras, colocou a bandeja sobre ela. Tirou a toalha de cima da minha bandeja especial. Eu estava mesmo com fome, puxa! Olhei para ela. Vi tudo. O normal, mas com a fome que estava sentindo qualquer coisa seria deliciosa, até iguarias tais como arroz, feijão, chuchu, uns bifinhos pequenos e o que me pareceu ser aipim. Susto! Um imenso susto. Num dos compartimentos daquela bandeja de metal, não uma, mas duas fatias de torta de chocolate e com recheio de chocolate. Pareceu-me, entre os gritos alheios, os gemidos gerais e a sujeira ambiental que, agora sim, eu estava indo para o Céu. Melhor, já estava no próprio Paraíso. Valeu tudo, até o mirrado espelho mostrando a ferrugem do velho revólver. Até mesmo o Colgate e a minha fuga dele. Bendita fuga. Saí da torta imaginária para a torta que estava na minha frente. E eu ia comer, claro, primeiro as fatias de torta e depois as iguarias.

Lia	— Coma tudo, seu Jorge. O senhor precisa se alimentar.

Ao deixar a Maninha, fugir do Colgate, das multidões e até passar pelas cotias à procura da tia Adriana, encontrei, no fim do túnel, atravessando sua escuridão, o Paraíso amarelo com direito a gritos e tudo. E além de tudo isso, a idolatrada torta de chocolate. Alguém pode querer mais? A primeira mordida foi de fato algo histórico. Senti-me o próprio São Pedro sentado sobre uma nuvem, que a brisa fazia voar e tudo sob o som de harpas celestiais. A segunda, então, nem sei dizer. Quase me tirou o fôlego. Senti-me como o pinto que inventou isso de brincar no lixo. Comi tudo. Se me lembro bem, até lambi os restinhos que sujavam aquela bandeja metálica. Pô, como tudo estava bom! Descansei um pouco. Estava bem comigo mesmo. Pensei em dormir. Mas, com o soro aplicado no braço, tudo ficava mais difícil. Aí, satisfeito como um gordo viciado em comer, tentei empurrar a mesinha que me trouxera tanta vontade de ser feliz. Precisava de espaço. A mesinha não se moveu. Resolveu me castigar. Quem sabe, por eu ter gozado tanto os gritos alheios? A bandeja, eu já tinha tirado e colocado aos pés da cama. Não dava para saber, mas que a mesa estava se vingando, isso estava. Onde já se viu? Uma mesinha como aquela, que foi feita para ser obediente, resistindo! E como. Que não se mexia, não mexia mesmo. Fui ficando com raiva. Comecei a lutar com aquele móvel. Com uma força cada vez maior, tentava empurrar aquele impávido obstáculo. Distraí-me. Naquele inadvertido duelo a mesinha cedeu. Com a força que fazia, ela caiu e eu, por cima dela, caí no chão também. Aquele porta-soro (será que é assim que se diz?), ao contrário, ficou firme. Dava a impressão de uma estaca fincada no chão. O cabo que ligava o soro ao meu braço era curto. Foi assim que a agulha, que estivera esse tempo todo enfiada na minha veia, saiu. Quero dizer, foi arrancada da minha veia. No caminho a picada dela se tornou rasgo. Minhas carne e pele também foram diláceradas como a minha veia. Foi aí que as luzes foram apagadas. Um erro, é claro. Ainda não tinham pegado as bandejas. Do chão comecei a gritar. Ninguém ouvia. Era só mais um grito no meio de tantos. Por que alguém ouviria? Meu sangue jorrava. Minha bata de paciente, de amarelecida se tornou úmida e rósea. A umidade percebi logo. Quanto a ter ficado rósea, eu imaginei, já que estava escuro e quase não via nada. Mas meu sangue jorrava e sangue como todo mundo sabe é vermelho. Dei-me conta: eu não sabia o nome da simpática enfermeira gorda pelo menos para ter alguém por quem gritar, para quem apelar. Pedir o quê? Em primeiro lugar, quem lutou e derrubou a bandeja fui eu. Depois, eu não tinha querido me matar? Por que reclamar por me machucar naquela luta inglória? É, antes se tratava de suicídio, eu escolhera, pensara nele. Agora não. As causas foram outras. Foi um acidente. Eu não o quis. Não escolhera. Estava até feliz, tinha comido. Antes do acidente, estava bem. Até excitado com os gemidos e os gritos dos outros. Não fazia o menor sentido isso. Continuava a gritar para ver se alguém me ouvia. Mas como? Não ia mesmo adiantar. Eram muitos os gritos. De repente, sinto um arfar se aproximando. Eu no chão tentava ver a origem daquele arfar, mas vi pouco adiante um ratinho andando com a rapidez habitual dos ratos e entrando num buraco da parede. Devo dizer que nunca tive nada contra ratos. Para mim, todos eles tinham algo de um inteligente Jerry sempre escapando do estúpido Tom. E o arfar? Vi logo depois. Era outro paciente que da cama dele viera se arrastando até a minha. Tinha visto tudo. Minha briga com a bandeja, minha queda, meu grito privado, fora dos gritos gerais, o sangue que começou a jorrar e ainda não parara. Tudo, enfim. Veio seguindo ele, enquanto arfava, para me ajudar.

Outro paciente	— Não adianta gritar. Eles estão tão habituados aos gritos que nem ouvem mais. Deixa que eu ajudo.
Eu	— Como?

Fiquei parado como ele mandou. Não queria logo naquele momento atrapalhar o "arfar" que estava tentando me ajudar. Não via nada. Estava tudo escuro. Ele, se agarrando na cama, soergueu o corpo e puxou um travesseiro para o chão. Agora, com mais tempo na escuridão, comecei a vislumbrar algumas coisas. O "arfar", por exemplo. Ele estava bem próximo. Percebi que era um homem negro, forte e imenso (e bota imenso nisso!). Pegou o meu travesseiro e tirou a fronha dele. Com a fronha, fez uma espécie de corda e em seguida, acima da minha dilacerada ferida, fez um torniquete, que, de tão bem-amarrado, fez-me sentir saudade da dor que sentia antes. Mas mesmo assim agradeci. Ele me ajudou a subir na cama. Esclarecendo: aquela montanha de gente colocou-me como se eu fosse uma criança no berço.

Eu	— Porra, cara, muito obrigado.
Outro paciente	— Deixa pra lá. Já estou habituado a ajudar os outros.
Eu	— Habituado como?
Outro paciente	— Antiguidade. Sou o mais antigo por aqui.
Eu	— Como é seu nome?
Outro paciente	— E quem é que sabe? Eu que sou eu não sei! Não sei nem minha idade. Como o senhor acha que posso saber o meu nome? E por que o senhor quer saber?
Eu	— (quase respeitoso) Só pra agradecer alguém pelo nome.
Outro paciente	— Me chama como quiser.
Eu	— Tá bem. Você é o meu mais recente amigo. Aliás, o único. E ainda por cima me salvou a vida. Então vou te chamar de "Arfa". Posso?
Outro paciente	— Se eu não tinha nenhum nome e agora tenho um, tou mais rico, né?
Eu	— Se você acha que isso é bom, eu também acho.
Arfa	— Agora fique aqui. Quando vierem pegar as bandejas vão acender as luzes e aí vão pensar que o senhor sofreu um acidente. Então não vão reclamar muito. Tenho que voltar pra minha cama. Não

	podem saber que ajudei o senhor, senão já sabe. Amanhã mesmo terei que ir embora. Segundo eles, sou um cara que já deveria ter morrido há muito. Não entendem como ainda posso estar vivo.
Eu	— E o que é que você tem?
Arfa	— Eu? (olhando para os lados) Nada. Moro aqui. Quando às vezes me mandam embora, e eu preciso, arranjo um acidente aqui perto e volto logo, além disso, já me habituei com a cozinha deles. Fazer o quê lá fora? Aqui eu tenho pelo menos três refeições por dia e uma cama. Tem ainda umas enfermeiras bonitinhas que de vez em quando me dão banho de esponja e tudo. Alguém pode querer mais?
Eu	— Sei lá!

E o Arfa se foi. Fiquei ali deitado com aquele torniquete que, juro, doía e muito. Não estava mais escuro. Quero dizer, a escuridão já não era tão escura. Já dava para vislumbrar algumas coisas. Pelo menos as mais próximas. Ele sumiu no meio das mais distantes. Não dava, é claro, para ver a cama dele. Aí me lembrei: como explicar eu ter feito um torniquete sozinho? Puxa. Logo, logo, veio-me à cabeça: foi um filme que vi sei lá quando. O galã ferido usou a boca numa ponta da corda ou sei lá o quê, depois usou a outra mão para dar o nó. Genial. Podia explicar a quem perguntasse como fiz o torniquete que o Arfa fizera. Claro, não iria destruir a carreira dele. Fiquei esperando as luzes serem acesas. Acenderam. Foi uma invasão de uniformes brancos. Um cortejo apressado. Vinham recolher as bandejas. De repente, aquela assistente que me trouxera a comida sorrindo correu para mim gritando.

Outra enfermeira — Sangue... É do seu Jorge. Meu Deus, ele está sangrando!

A tropa toda correu em minha direção. Pensei no que fazer. Resolvi ficar lá sem um movimento. Só respirava. Fechei os olhos. Para elas, eu estava desmaiado. Fui um artista, até eu acreditava no meu desmaio. Alguém mandou chamar o tal do dr. Santoro. Tiraram a minha bata rósea, lavaram-me e vestiram meu corpo nu com uma bata amarelecida. Notaram o torniquete. Perguntaram como eu o fiz. Comecei a gemer. Como num teatro, repeti, palavra por palavra, o texto daquele filme que havia visto, a técnica de se autocolocar um torniquete. Pareceram satisfeitas. A minha enfermeira preferida apareceu correndo.

Lia	— O que foi que houve, seu Jorge?
Eu	— Acho que caí. (sempre gemendo)
Lia	— Que o senhor caiu está claro. Mas como?
Eu	— Acho que adormeci. Não estou acostumado com a cama e aconteceu este bafafá todo. (Falava como se estivesse morrendo.)
Lia	— O senhor perdeu muito sangue. (virando-se para a outra) Dea, vai pegar uma bolsa de sangue igual ao do seu Jorge e uma de soro novo para ele também.

O dr. Santoro chegou chupando uma tangerina, nada mais surreal. Um médico na presença de um "moribundo", expelindo caroços de tangerina em todas as direções. Pode até ser confusão minha, mas naquele momento senti um dos caroços bater no meu dedão do pé sob os lençóis.

Dr. Santoro	— O que foi que houve?
Lia	— Ele caiu e perdemos a veia. Aí foi esse estrago que o senhor está vendo.
Dr. Santoro	— (para ela) Já mandou pedir sangue e mais soro?
Lia	— Claro, doutor.
Dr. Santoro	— Mande buscar também o kit de sutura. Temos que fechar essa brecha aí no braço dele. Quem fez esse torniquete?
Lia	— Foi o seu Jorge mesmo quem fez. Não é incrível?
Dr. Santoro	— É. Foi muito bem-feito. Parece coisa de profissional. E o que nós pedimos, vem ou não vem? Sabe: o sangue, o soro, o kit de sutura. Aqui tudo demora tanto! (para a Lia) Vai ver o que está acontecendo.

Neste instante, veio quase correndo a Dea. Trouxe tudo o que fora pedido. Ao menos parecia.

Dr. Santoro	— Dá-me aqui. Deixa conferir: soro perfeito, kit de sutura e o sangue. Peraí. (para a Lia) Qual é o sangue dele?

Ela se dirigiu à cartela pendurada perto dos pés da cama. Durante o solo do dr. Santoro, me senti um objeto invisível. Como se não estivesse lá. Como se não existisse. Foi quase louco, ou melhor, uma situação louca.

Dr. Santoro	— E aí, o sangue? (perguntando à minha enfermeira gorda)
Enfermeira gorda	— AB⁻, doutor!
Dr. Santoro	— Porra! Que merda! E essa besta aí (referindo-se a Dea, a enfermeira auxiliar) me traz do tipo A. Como é que se pode trabalhar assim? Como é que eu vou injetar sangue tipo A num paciente que tem sangue AB⁻? Lia, vai no banco de sangue e me traz uma bolsa de sangue AB⁻. Escuta, não pode errar: AB⁻. Ouviu?

Ele pegou outra tangerina no bolso e recomeçaram os disparos. O pátio começou a me deixar maluco. Até os gemidos gerais sumiram. Meu caso gemeu mais que os gritos elitistas. Eu estava ficando com frio (e que frio!). Reclamei do frio estranho. O dr. Santoro começou a me tirar a temperatura, pressão e essas coisas mais. Eu, cada vez com mais frio.

Dr. Santoro	— Começa a aplicar o soro no outro braço, Dea. Você sabe, não sabe? E esse sangue que não chega! (Pela primeira vez parecia preocupado.)
Eu	— Tem alguma coisa errada comigo, doutor?
Dr. Santoro	— E você, vê se não se mete, tá?
Eu	— Desculpa. Só queria saber se...
Dr. Santoro	— Fica na tua. Você tá mal, sim. Perdeu muito sangue. Precisamos repor e muito. Você ainda vai ter o sangue mais raro que existe... Veja só, o AB⁻!

Ele falava alto. Eu pensava baixo. Nossas ideias se chocavam. Eram crenças diversas. As gerações eram outras. Vestia-

-se com um branco imaculado. Eu, uma bata bicolor: amarela e rósea. Ele falava grosso. Eu quase não pensava. Aí a minha enfermeira preferida entra correndo (ah é, me lembrei: Lia. Lia era o nome dela). Corria. Mas corria mesmo. E como.

Lia	— Estamos em falta. Nenhuma bolsa. O AB⁻ acabou!

A cara do dr. Santoro, que já era branca, empalideceu. Os ombros do homem vergaram. Pareceu até ser humano.

Dr. Santoro	— Já ligou para o banco geral de sangue?
Lia	— (levantando a voz pelo questionamento do médico sobre o seu profissionalismo) Claro que sim! Quem você pensa que eu sou? Só que vai demorar a chegar.
Dr. Santoro	— Esse homem aqui precisa receber sangue AB⁻ logo. Se não temos, o que vamos fazer com ele? Deixar morrer?
Eu	— Vou morrer?
Dr. Santoro	(absolutamente fora de si) — Já disse para você calar a boca.
Lia	— (em minha defesa) Não fale assim com ele, não!
Dr. Santoro	— Falo como quiser.
Eu	— Então eu vou morrer e você, seu filho da puta, me manda calar a boca? Não calo porra nenhuma. Já que vou morrer, morro falando. Quer ver se eu grito? (Abro os pulmões e canto, inventando uma letra sem saber a música.) *"Santoro é um filho da puta.*

> *Santoro é um filho da puta. Não é bom nem mesmo em tangerina. Nem os caroços ele acerta. Santoro faz cocô nas calças. Nas calças. Não limpa nem as cuecas. Cuecas. Cuecas."*

Delirava. Mas também não era para menos. Como é que um quase suicida, após uma última lauta refeição, ainda delirava? Não foi a última refeição de um condenado a morte, não! Foi o último prazer com direito a torta e tudo. Fiquei em pé na cama. Todos tentavam me segurar. Eu pulava como se estivesse numa cama elástica. Até o médico, minha vítima primordial, tentava me segurar. Eu tirei o torniquete e, pulando, borrifava sangue AB⁻ em todos que queriam que eu parasse. Para que esperar a morte deitado? Não, assim eu não queria. Queria pelo menos aterrorizar aquela plateia uniformizada de branco. Todos os uniformes brancos, agora decorados com borrifos vermelhos.

Eu	— Já que vou morrer, não é, Santoro? Vou morrer como o Palhaço das Perdidas Ilusões. Viva o grande Orestes.

Não que o palco fosse iluminado, mas as parcas luzes já serviam. Tinha até plateia; horrorizada, mas plateia. Foi quando se ouviu uma voz tonitruante que ribombava naquela enfermaria de mortos-vivos.

Arfa	— Ninguém morre hoje!
Eu	— Arfa?
Arfa	— Disse, repito: ninguém vai morrer hoje!

O Arfa era enorme, grande mesmo. Andava, e seus passos com os pés descalços pareciam machucar o soalho.

Dr. Santoro	— Vai para tua cama, Celso!
Arfa	— Cama nenhuma. Sou sangue tipo AB⁻. Vou dar um pouco do meu para o seu Jorge. Enquanto isso, vocês procuram mais em outros hospitais. Vai dar tempo.
Dr. Santoro	— (agora com outro humor. Digamos, esperançoso) Lia, vai na cama do Celso e confere o sangue dele. (Lia foi.)
Arfa	— Não tá acreditando em mim, não, doutor?
Dr. Santoro	— Não se trata disso, a minha obrigação é confirmar.
Lia	— (voltando) É, sim, doutor, e está bom.

O Arfa deitou na cama ao lado da minha, esticou aquele imenso braço ordenando:

Arfa	— Vamos, gente. O seu Jorge está precisando. Façam logo essa transfusão.
Eu	— (bem mais calmo com a presença do Arfa) Estou pronto!
Dr. Santoro	— Vamos lá, pessoal. Vamos fazer essa transfusão. Mas antes tenho que suturar essa brecha aí. Caixa de sutura! (abre a caixa) Cadê a anestesia? As agulhas? Assim não é possível!
Lia	— Dea, vai você agora. Pegue os tubos e as agulhas. E não vai se esquecer da anestesia.
Eu	— Estou com um frio danado!

Lia	— Já vai passar, seu Jorge. Assim que o sangue do doador começar a entrar, vai esquentar o senhor. É só esperar um pouco. Já, já, vai estar tudo melhor. O senhor vai ver.

O tempo passa, eu e o Arfa deitados. Os de branco, em pé. Nisso volta a Dea.

Dea	— Doutor! Doutor!
Dr. Santoro	— Que foi?
Dea	— Não tem anestesia também. Acabou!
Dr. Santoro	— Mas, Deus do céu! Como é que vou trabalhar assim?
Arfa	— E aí, vamos ou não vamos fazer isso logo?
Dr. Santoro	— Mas como é que eu posso suturar esse talho sem anestesia?
Arfa	— O seu Jorge aqui é macho. Ele aguenta!

Envolveram-me. Todos agora olhavam para mim. Logo eu que nunca gostara de dor. O que dizer depois da afirmação do Arfa? Logo eu, macho. Macho, eu era. Mas para dor assim? Sei lá... Mas se eu não topasse seria a morte não escolhida. Não tive o que dizer. A opção estava feita. Nada de morte não desejada. Isso sim é que era morte. A dor não querida também era a pior de todas as dores. Mas não tinha escolha.

Eu	— Tá bem. Vamos logo com isso.
Arfa	— Não disse? Macho tá aí mesmo.
Lia	— Ótimo, seu Jorge. Vamos lá.

O tal do dr. Santoro começou a se mover dando ordens seguras, precisas. Nem parecia o cara dos caroços de tangerina. Foi minha última surpresa. Logo em seguida, começaram as dores (e que dores! Insuportáveis!). Parto. Não no sentido de parir. No sentido de viajar mesmo. As parcas luzes da enfermaria foram ficando marrons. Pretas, enfim. As dores sumiram. Não sentia mais nada. O nada me envolveu não sem antes eu ouvir:

      Arfa   — O que foi, seu Jorge?

Não ouvi mais nada. Sei lá o que aconteceu ou onde fui parar. Nem se estava voando ou o quê. Era o nada mesmo. Não sei dizer se antes ou depois do Big Bang. Acho que foi antes mesmo. Isso se alguém puder me explicar o que existia antes do Big Bang, mas como até hoje ninguém foi capaz, prefiro mesmo ficar com o antes inexplicável. Antes ou após a invenção da roda. Se naquele nada visitei a Cleópatra ou a Vanessa, não sei nada. Não sei de coisa alguma. Era o antes do nada. Um nada maior. Acho, não sei ao certo, que vi o que poderiam ser planetinhas. Um, acho, tinha a forma do meu velho pai. Um outro, de um bebê natimorto. Outros que não conhecia, irreconhecíveis, dentro daquele imenso nada. Passavam. Iam embora e não voltavam. Estou falando de algo de que não me lembro, não sei o porquê. A razão desse infinito que não acabava e era tão vazio? E por que esse vazio? Mas ainda assim pensei nos planetinhas que passaram para não voltarem mais. Era grande o infinito, devia estar lotado de gente, de coisas, mas teimava em ficar vazio. Não senti o nada. Não me recordo dele e apesar disso me refiro a ele como se fosse um velho conhecido. Pensei em mim: seria eu o Nada? Não, era só um conhecido mesmo (e bota conhecido nisso). De repente, num instante, num momento qualquer, uma luz longínqua me dá um certo calor. Não a luz. Mas a ativação da minha retina, quem sabe até da minha memória visual. A sonora, ainda não. Mas estava reconhecendo aquela luz que aos poucos ia tomando conta, abrangendo algo, alguma coisa. O que exatamente? Não sei. Só que agora estava pensando nela e não no nada, no qual nem sequer pensei, apesar de me lembrar dele. Mas devo confessar que com o aumentar daquela luz inesperada e crescente algo estava acontecendo no meu interior. Se tinha luz, algo mais deveria existir também. Reconheci as paredes amarelecidas. A luz aumentava. Percebi outras camas perto de mim. Lembrei-me do som, dos gemidos, dos gritos, da voz da enfermeira preferida. O nome dela era Lia. Sou tão ruim para nomes. Mas era isso mesmo: Lia.

                  Lia   — O que está acontecendo, seu Jorge?

    Não, não, troquei tudo. A frase tinha sido dita pelo Arfa, o imenso anjo negro que me deu sangue e tudo. Antes, até me fez aquele torniquete que doera para burro. Ah, o grande Arfa! E quase que de repente, tudo ficou iluminado. Não era luz elétrica, não — aquelas parcas luzes emanadas pelas lâmpadas quase queimadas. Era dia. A luz era natural. O que me fazia ver melhor ainda as janelas maltratadas pela sujeira depositada lá, quase que por todo o sempre. Puxa, estava vendo tudo e dentro dele, o meu conhecido Nada. Aliás, uma das poucas coisas de que nunca pude reclamar foi a minha visão. Via tudo que minha vã e estúpida consciência me permitia ver. Instinto, por puro instinto, procurei pelo Arfa. Não estava na cama ao lado. Pensei cá comigo: ele se entregara e a sua régia vida por mim. E agora devem tê-lo mandado ir embora. Mas que nada: não é que olhando para a cama na qual ele estava, ele veio pelo outro lado? Acho que do banheiro. Acompanhado pelo ribombar dos seus passos.

                Arfa   — Tá melhor, seu Jorge?

Eu	— Acho que sim. O que foi que houve comigo, Arfa?
Arfa	— Não sei bem. Talvez a dor, a perda de sangue. Só sei que o senhor apagou, mas enquanto apagava, vomitou tudo que tinha direito. Aí apagou mesmo. Foi um corre-corre danado. A Lia ficou doidinha. Até o dr. Santoro pirou.
Eu	— E você?
Arfa	— Fiquei lá dando o sangue que podia. Mas logo depois chegou mais do seu sangue e me mandaram ir pra minha cama.
Eu	— E depois?
Arfa	— Aí terminaram de trabalhar com o senhor e aí, de repente, pensaram até que o senhor tivesse morrido. Aí fizeram de tudo. Até choque deram. Foi barra. Aí tudo se acalmou. Lavaram e arrumaram o senhor. E se foram. Acho que estabilizaram o senhor e ficaram satisfeitos. Só que botaram toda essa aparelhagem ligada aí no senhor por segurança. Quase me esqueci: de manhã, o senhor teve uma visita, uma mulher. Não me lembro do nome dela. Mandaram-na embora. Ela disse que volta amanhã.
Eu	— Essa Maninha não me larga. O que ela quer comigo? O que pode querer?
Arfa	— Sei lá. Se o senhor não sabe, como é que eu vou saber? Té já.

E lá se foi ele. Imenso e com os seus tonitruantes passos chamando a atenção de todos como uma banda militar. E ele, todo nobre, seguindo com os próprios passos o som da banda que o precedia. Cá fiquei eu, com meus lapidares pensamentos, pensando saber tudo e querendo saber todo o resto que faltava. O dia passou molenga. Aliás, de dia, os gritos da enfermaria quase sumiam e os gemidos se transformavam em soluços. É tão estranho isso: a noite dói mais. Provoca mais dores, portanto, mais sons. É tudo tão escuro. A pérfida solidão perseguia a todos, não tinha essa coisa de raça, credo ou idade. Ela atacava todo mundo mesmo. Ameaçava, como se ela própria já não fosse ameaçadora. Veio o almoço. Não ganhei quase nada. Fui informado: estava de dieta. Ganhei só um reles mingau. Olhei para o Arfa. Na frente dele, uma mesinha igual àquela com a qual eu lutara. Ele estava feliz, atacando a comida (para mim, iguarias, condenado que fora ao mingau). Depois do almoço, todo mundo cochila ou quase. É uma modorra só. Eu não cochilei nada: mingau não dá sono. Nem aqueles aparelhos todos ligados ao meu corpo me permitiam ou me davam vontade de dormir. Cada movimento era chato. Absurdamente chato. E eu lá. Estava me sentindo estranho. Acho que febril.

Eu	— Arfa, acho que estou com febre. Como eu faço para chamar alguém?
Arfa	— (olhando cuidadosamente para os lados) Desliga esses fios ligados no seu peito. Aí vão pensar que o senhor está morrendo. Aí chegam correndo.

Pensei um pouco. Estava realmente me sentindo mal. Recebi do Arfa aquele conselho que não deixava de ser estranho. Mas, afinal, o Arfa era ou não era um sobrevivente daquela enfermaria? Claro que era. Mas eu achei que poderia melhorar a ideia dele. Resolvi, além de tirar os fios, fingir que estava delirando. Foi o que fiz. Então, arranquei os fios colocados no meu peito. Não deu outra: logo, logo, apareceu uma enfermeira que nunca vira antes.

Enfermeira desconhecida — O que está acontecendo?
Eu — Acho que vou morrer!
Enfermeira desconhecida — Que vai morrer que nada. Os fios do eletro saíram do seu peito. (Ao tentar recolocar os fios, tocou em mim.) Meu Deus, como o senhor está quente. Vou chamar o doutor. (saiu apressada)

Porra, o Arfa sempre sabia das coisas. Que cara legal. Ele era craque mesmo. O grande artilheiro da enfermaria. Mas resolvi mesmo melhorar a ideia do Arfa. Agora o que eu devia fazer era delirar. Comecei a tentar. Nunca fui um bom ator, mas tinha que ensaiar. O delírio tinha que ser crível. Até eu teria que acreditar nele. Comecei. Até ensaiei uns tremores, uns piscares irregulares de olhos. Mas será que o piscar de olhos era um sinal de delírio? Acho que não. Era melhor não usar os olhos, deixá-los parados. Quem sabe, mortiços. É, era melhor assim. Puxa, estava dando certo! Foi aí que ouvi ruídos de saltos altos. Nada tinha a ver com o pisar da enfermeira. Aquele tênis branco, pingado de vermelho e com solas de borracha. Eram saltos altos mesmo. Faziam barulho de saltos altos. Olhei na direção do ruído. Era uma mulher vestida na última moda. Nada de branco, sua roupa era toda colorida. No auge do meu pretenso delírio nem estava enxergando direito. O perfume dela falou diretamente à minha memória. Deus do céu, era ela, a Vanessa! Mas como poderia ser? Como ela poderia saber que eu estava aqui? Nem endereço do meu apartamento ela tinha. Vai ver que meu ensaio para delirar deu certo mesmo. Ela vinha se aproximando. Eu nem sabia o que dizer. De repente, ouço a voz do vulto. Era a Maninha. Mas só a voz, o vulto não. Não via direito, mas parecia ser a Vanessa. Pelo menos, pensei que fosse. A Vanessa fez parte do ensaio do meu delírio. Que ensaio bom.

Vanessa	— Jorge, o que foi que aconteceu? Como é que você veio parar aqui?
Eu	— Como é que eu vou saber? (Mas será a Vanessa mesmo?)
Maninha	— Já vim aqui duas vezes. Nunca me deixam visitar você. Parece que sempre chego na hora errada. (Ou a Maninha?)
Eu	— Não sabia de nada.
Maninha	— Agora sei o horário de visita. Não vou errar mais.
Eu	— Você não tem obrigação nenhuma. Não somos mais casados.
Vanessa	— Eu sei, mas quero te ajudar.
Eu	— Ajudar como? O que você quer fazer?
Arfa	— (me chamando a atenção) Seu Jorge, tão vindo aí!

Olhei para o Arfa. Entendi a mensagem. Virei-me para Vanessa (ou Maninha, sei lá). Sumiu. Sumiram. E as vozes e os vultos, tudo sumiu. Gente, não é que eu estava delirando mesmo? Chegaram a enfermeira e um médico que via pela primeira vez. Devia ser o plantonista. Usei tudo que ensaiei e delirava. Só que achava estar delirando mesmo.

Enfermeira desconhecida	— Cheguei aqui e vi que os fios do eletro tinham saído. Quando tentei recolocá-los, vi que ele estava fervendo. (O ele, é claro, era eu.)
Doutor	— (para a enfermeira) Tira a temperatura dele.

Ele coloca a mão na minha testa. Não faz uma boa cara (percebi, mesmo no meu santo delírio). Ele vai até a papeleta que está perto dos pés da cama. Lê. Volta para o meu lado.

Enfermeira	— Quarenta e um, doutor!
Doutor	— É, está muito alta mesmo.
Enfermeira	— O que o senhor quer fazer?
Doutor	— Pede na farmácia dois cipros de um grama e dá para ele logo dois gramas. Compreendeu? Duas horas depois, tire novamente a temperatura dele e me diga o resultado. Estarei no ambulatório.

Saíram os dois. Eu me sentia cada vez mais quente e comecei a delirar para valer. Num último resquício de consciência me peguei criticando a frieza do médico: cara mais metido a besta! A enfermeira voltou. Trouxe o remédio num copinho de papel e outro maior com água. Quase que me deu na boca. Ajudei um pouco. Abri a boca. Foi tudo. Ela fez o resto, depois recolocou os fios do eletro e foi embora.

Arfa	— Tá melhor, seu Jorge?

Ouvi meu amigo, mas não respondi. Não conseguia articular a boca nem as ideias. Também o que poderia responder? Como se estivesse fora do meu corpo e no quase silêncio habitual da tarde na enfermaria, eu me ouvia gemer. Gemia alto.

Arfa	— (insistente) Seu Jorge, tá me ouvindo? O senhor está melhor?

Sem resposta, o Arfa, precedido pela banda militar, abriu caminho até a minha cama, chegou perto de mim. Botou sua

Meu revólver era velho

imensa mão na minha testa. Levou um grande susto. Também pudera, eu estava fervendo mesmo.

      Arfa   — Porra, seu Jorge, não faz isso, não. Segura firme. Tou aqui torcendo pelo senhor. Nunca tive um amigo bacana assim. Eu agora preciso do senhor pra me ajudar, sabe? Quando me mandarem embora daqui novamente. Já, já, o remédio vai fazer efeito.

  No meu delírio maluco, acho que percebi lágrimas correndo no rosto do Arfa. Senti aqueles cristais líquidos rolarem por cima da minha bata de doente, quando ele tentou me dar um abraço delicado, através dos fios que prendiam meu corpo àquela cama. As lágrimas que senti eram quentes. Mais quentes ainda que a minha pele ardendo em febre. Dormi ou desmaiei, não sei bem. Mas de alguma maneira as lágrimas dele me fizeram bem. O Arfa foi para sua cama. Dessa vez, porém, seus passos iam sem a banda de música militar que habitualmente os precedia. Estava triste o Arfa.

  Veio a Vanessa na minha cabeça. A Vanessa adúltera. Foi rápido aquele pedaço de sonho ruim. Eu, do meu lado, melhorava. Pelo menos achei que estava ficando melhor. Mas, ao mesmo tempo, aquela sensação podia ser parte do delírio.

  Sonhei outra vez com a Vanessa. Mas o contrário de depois da nossa separação, ou seja, antes do meu conhecimento dos pecados dela (os conhecidos por mim e reconhecidos por ela) — os pensamentos jorravam de felicidade. De quando nós namoramos, noivamos, recém-casados. Tudo era tão bom... Os nossos amores respingavam um no outro, provocando esguichos de ternura que enterneciam o sol e a lua, e a chuva também. Éramos ternos até dormindo. Nossos sonhos se acasalavam com a dedicação dos amantes. Os nossos pesadelos eram invisíveis a nós ou às nossas lembranças. Esses pensamentos todos foram me fazendo sentir melhor. Muito melhor. Aliás, estavam me fazendo um bem danado. Talvez aqueles pensamentos coincidiram com o efeito do remédio, não sei. Mas comecei a me sentir melhor. Pouco, mas de qualquer maneira, melhor. A enfermeira me acordou.

Quero dizer, deveriam ter se passado duas horas. O tempo que sonhei com a Vanessa, não me lembrei depois. Só o da Vanessa adúltera, foi o pesadelo que me lembrei.

Enfermeira	— E aí, seu Jorge, tá melhor?
Eu	— (Para minha própria surpresa, respondi.) Acho que sim.
Enfermeira	— Vamos tirar a temperatura. Abra a boca.

Abri. Ela colocou o termômetro. Marcou o tempo no relógio. Fiquei quieto. Esperei. Passado o tempo devido, ela tirou o termômetro.

Enfermeira	— Puxa, esse remédio é tiro e queda mesmo.
Eu	— Quanto deu?
Enfermeira	— Trinta e oito. Fez efeito mesmo. Fique quietinho agora que tenho que informar ao doutor sobre seu progresso.

Fiquei quieto, fiquei mesmo. Agora só tinha que informar ao Arfa.

Eu	— Arfa... Arfa...
Arfa	— (quase sem vontade de responder) Fala, seu Jorge.

Eu	— Estou melhor. A enfermeira tirou a temperatura e confirmou a recuperação.
Arfa	— (seco) Que bom.
Eu	— Pensei que fosse te interessar.
Arfa	— É. Estou interessado, sim. Até rezei pelo senhor. Estive ao lado de sua cama. Chorei. É, chorei mesmo. Chamei pelos amores que o senhor amou, para virem aqui ajudar. Mas o senhor nem notou.
Eu	— Notei, sim. Tuas lágrimas me fizeram um bem danado. Acho até que elas ajudaram o remédio a fazer efeito mais rápido. Juro que acho.
Arfa	— Jura mesmo?
Eu	— Claro que juro.
Arfa	— Obrigado, seu Jorge. Me sinto até gente agora. Estou assim porque estou meio fraco. Seu caso, seu sofrimento mexeram comigo. Mas estou feliz agora que o senhor melhorou. Acredite, tou feliz, sim. Agora o senhor me desculpe, mas eu tenho que descansar um pouco.

Virou-se para o lado de lá, dando as costas para minha cama. A voz dele, que sempre me pareceu de barítono, estava mais para uma voz comum. Não entendi nada do que tinha acontecido ao Arfa. Ele estava diferente. Talvez até um pouco menor. Senti isso desde as suas lágrimas por mim e o seu abraço cuidadoso. Mas que eu melhorava, melhorava, sim. Estava até ficando com fome. Coisa que eu não sentia nem antes de entrar no hospital. Mas agora sim, essa velha necessidade se encontrava comigo. E em boa hora. O bom de hospital é que as refeições são providas pelo relógio. Claro que tinham as cozinheiras, as nutricionistas, essas coisas todas. Mas quem mandava mesmo era o mostrador e seus ponteiros lá na cozinha. Bem, agora tinha que aguardar o relógio. Peraí, tinha que tratar de ficar calmo, senão seria uma espera angustiante e eu ficaria ali preso, torcendo pelo relógio. Agora eu realmente me sentia melhor. Lancei um olhar para o lado do Arfa. Ele se encontrava na mesma posição de antes. A tarde estava terminando, logo serviriam a comida. Minha fome aumentara. Eu só tinha comido o mingau. Olhei de novo para o Arfa. Sua posição ainda era a mesma, estranho. E o tempo foi passando. De vez em quando eu olhava para ele. Nada, imóvel. Comecei a ouvir os sons metálicos que se aproximavam. Eram eles, os carrinhos. Eles chegaram com seus barulhos metálicos — para mim, trompas triunfais e queridas, trazendo em seus bojos as tão bem-vindas bandejas. Muitos se prepararam para comer, pelo menos a maioria, inclusive eu. As enfermeiras (ou assistentes, sei lá) começaram a servir aos enfermos. A minha bandeja chegou logo. A cama que ocupava era logo a primeira quando se vinha do corredor. Colocaram a minha bandeja na nova mesinha que providenciaram para minha cama. Olhei para ela, estava satisfeito. Só não vi torta nenhuma, era uma gelatina qualquer. Reles como o mingau do almoço. Mas era a comida que o relógio, pontual, colocara na minha frente.

 Olhei para o Arfa para cumprimentá-lo por mais uma refeição na sua carreira de doente profissional. Achei estranho: à sua volta se encontravam três enfermeiras tentando fazê-lo comer. Ele se recusava. Uma saiu do grupo e foi apressada para o corredor. Pensei ser a Dea, não tinha certeza. Mas assim mesmo perguntei antes que desaparecesse naquele túnel das incógnitas:

    Eu — O que aconteceu?

Enfermeira	— O Celso não quer comer!
Eu	— Como não?
Enfermeira	— Sei lá, vou chamar o médico.

Eu, quase sem jeito, comecei a comer olhando para a cama do Arfa. O resto dos doentes da enfermaria atacava as bandejas como se fossem as primeiras após longo e tormentoso jejum, ou as últimas, como se fossem condenados à morte. O Arfa continuou a recusar a dele. O médico chegou, acompanhando a assistente que fora chamá-lo para resolver o caso do Arfa. Ele bem que tentou, com jeito e tudo. Falava com carinho, brigava, aconselhava. Desistiu, foi embora. Deixou o Arfa para lá. Não que não tivesse insistido, mas se cansou. O Arfa estava duro na queda: não queria porque não queria. Lá pelas tantas, empurrou a bandeja e tudo na direção das enfermeiras. Ela: as iguarias, os talheres, os líquidos, a água e a groselha (em suma: cada coisa, tudo). Algumas enfermeiras foram salpicadas pelos estilhaços alimentares. Ficaram zangadas, mas não era nem com o Arfa. Acho que era mesmo com a profissão delas.

Arfa	— (gritando grosso) Já disse que não quero porra nenhuma. Não me encham o saco.

As enfermeiras chegaram a recuar com aquele grito que ainda ribombava e ricocheteava nas paredes. O grito daquele nobre e colossal amigo meu. Do meu lado, ainda comia devagar, quase que com respeito e vergonha pela situação, quero dizer, por estar comendo enquanto o meu amigo Arfa não estava querendo nada. Mas ia fazendo a minha parte, comia tudo. As enfermeiras deixaram o Arfa de lado. Foram embora depois de terem limpado toda a sujeira. Ele voltou à primitiva posição. Com duas ligeiras mudanças: a posição era fetal, e ele tinha se virado para o meu lado. Mas o rosto virado para mim parecia me encarar de olhos fechados. Senti-me um pouco estranho. Mas afinal de contas ele era o meu amigo; meu defensor; meu ideólogo; o grande mestre daquela enfermaria e tudo. Após o jantar, comecei a sentir certo sono.

Agora estava mais confortável. Só o soro estava ligado a mim, nem febre tinha. Aquele remédio tinha dado jeito em mim. Reconhecia-me como um cara normal que por acaso estava vivendo um momento diferente. Aliás, devo dizer, devendo grande parte daquele momento ao Arfa. De vez em quando olhava para ele. Antes do sono, ainda olhei e percebi seus olhos abertos me encarando. Aquilo me intimidou. Fiquei com vergonha de mim mesmo: eu jantara enquanto ele se recusava a comer. É, senti-me mesmo envergonhado pela minha falta de solidariedade. O sono veio, parecia até uma fuga. Quem sabe era. Não queria ver o Arfa daquele jeito. Meu sono era como uma cortina de teatro preta e vertical, suave e com aplausos, descia para coroar de descanso as minhas últimas vinte e quatro horas. Dormi como uma daquelas cotias do Passeio Público, o reverso de qualquer pecado. E dormi mesmo. Pesado. Profundo. Sonhei. Sonhei, sim. Só que foi tudo tão bom que nem me lembro do sonho. Aliás, acho que já disse que só me lembrava dos pesadelos. Dos sonhos bons nunca. Não sei o porquê. Por que não sonhei, por exemplo, com o torniquete? Com o sangue doado com total abnegação? Com todas as coisas boas, as mais recentes que o Arfa fizera comigo e só para mim? Repentinamente, um barulho surdo e grande cortou aquele meu sono que pensava ser pesado e profundo. Nada disso, meu sono se demonstrou ralo e vazio. Acordei. Pouco depois, as luzes se acenderam. Houve um grande corre-corre. Com os olhos abertos vi, logo ali, o corpo do Arfa caído no chão. As enfermeiras chegaram. Uma voltou correndo de onde viera. Com toda a certeza foi chamar o médico. Pela primeira vez desde que dera entrada naquela enfermaria, me levantei. Carreguei comigo o carrinho de soro que estava ligado ao meu braço. Fui, descalço mesmo, até aquele corpo imenso do Arfa caído de qualquer maneira, ao lado de sua cama. Aproximei-me. As enfermeiras tentavam movê-lo. Impensável. Elas jamais teriam forças. Mas estavam tentando de tudo. Quando cheguei, vi o Arfa de perto. Estava calado, porém seus olhos abertos me olhavam.

Arfa	— Desculpe, seu Jorge. Não sei o que deu em mim.
Enfermeira	— (para mim, autoritária) O que o senhor está fazendo aqui? Volte já pra sua cama!
Arfa	— Não vá, não, seu Jorge. O senhor é o único amigo que tenho.
Eu	— Claro, Arfa. Ninguém me leva daqui. Vamos. Vou ajudar também. Você tem que ir para cama. O chão está frio.
Arfa	— Deixa, eu acho que posso subir.
Eu	— Tá, mas eu ajudo.

Quando o Arfa levantou, percebi como as enfermeiras eram pequenas, eu pequeno também. Tudo, enfim, diminuíra e escurecera junto. O meu amigo, aquele colosso, acabou subindo na cama sozinho. Todo mundo queria ajudar, mas ele subiu só e se deitou. Nisso chegava o dr. Santoro, o que me recebera. Foi direto pegando no pulso do Arfa. Pediu à Lia, que eu nem tinha visto, para que tirasse a pressão. Olhou para o relógio. Terminado o pulso, usou a mesma mão e a encostou na testa do meu amigo. Perguntou pela pressão. Lia, terminando de tirá-la, informou. Passado uns instantes, o médico declarou como se fosse dar um diagnóstico divino.

Dr. Santoro	— (ainda perguntando) Alguma dor?
Arfa	— Nenhuma.

Dr. Santoro	— Você está bem, Celso. Você deve ter se remexido na cama de mau jeito e caiu. Aliás, a Dea está vindo aí com sua comida. Você tem que comer.
Eu	— Precisa, sim. Você tem que comer, Arfa.
Arfa	— Mas o senhor fica aqui comigo, não fica?
Eu	— Fico, sim.
Dr. Santoro	— (emanando poder) Pode ficar.

O dr. Santoro saiu. Eu, como se mandasse alguma coisa e sem olhar para as mulheres, ordenei uma cadeira. Providenciaram logo. Sentei-me e estiquei minha mão para ele. Arfa a agarrou como se fosse uma prancha em alto-mar que o salvasse de um brutal afogamento. Senti a minha mão ser quase esmagada. Mas a dele, além de imensa e forte, também transmitia medo. A Dea chegou com a bandeja de comida. O Arfa preparou a mesinha e ela colocou lá a bandeja, com fumaça e tudo. Acho até que o Arfa deu uma prazerosa suspirada. Gostou do que viu. Pareceu ter dito gostar da noite que tinha peixe. Comeu com elã. Era um nobre sentado em sua cama, nutrindo-se. Tinha educação o Arfa. Apertando a minha mão, até agora um pouco dolorida do apertão da dele. Fiquei lá com o Arfa até ele terminar. Raspada a bandeja, olhou para mim.

Arfa	— Brigado, seu Jorge. Ainda bem que agora tenho um amigo.
Eu	— Deixa disso, Arfa. Se alguém saiu lucrando com a nossa amizade fui eu.

Comecei então a narrar para ele como foi que eu tinha ido parar lá. Tudo, tim-tim por tim-tim. Pareceu-me estar num confessionário. Ele ouvia tudo com atenção. Parecia degustar minhas palavras, meus sucessos, poucos, meus fracassos, muitos, meus amores e desamores. As minhas desavenças, o casamento, a separação, a minha ruína após ela, minha degenerescência turva, seja física, moral ou social. Ele então começou a demonstrar certa impaciência. Parecia que queria dizer algo.

Eu	— Tá chato, né?
Arfa	— Chato? A sua vida é a mais rica que já ouvi alguém contar, de todas as que já ouvi.
Eu	— Rica? O que é que você quer dizer com isso?
Arfa	— Seu Jorge, será que o senhor não vê? O senhor viveu tudo. Todos os sentimentos. Até amou. Até sofreu com a traição que lhe fizeram. Pertenceu ao mundo, ele lhe pertenceu. O senhor viveu e vive tudo. Não percebe que o senhor é uma pessoa rara? Até tentou se matar! Não conseguiu, mas bem que tentou. O senhor é raro, seu Jorge, é sim. Um arlequim completo com cores, brilho e tudo.

Eu ia dizer qualquer coisa sobre aquilo de arlequim quando a Dea apareceu, vinha com a Lia. Dea imediatamente pegou a bandeja vazia do Arfa, empurrou delicadamente a mesinha e foi avisando:

Dea	— As luzes vão se apagar. Boa noite para todos.

Enquanto a Dea se movimentava em direção ao corredor, a Lia se dirigiu a mim.

Lia	— Agora o senhor tem que ir, seu Jorge. O senhor não passou bem ontem e agora tem que descansar. (Estendeu-me sua mão com uma dose de particular carinho.)
Arfa	— Vai, seu Jorge. Estou me sentindo melhor agora. A Lia tem razão. O senhor tem que repousar. Eu agora tenho que dormir também.
Eu	— Tá bem, eu vou. Mas, Arfa, se você precisar de alguma coisa me chama, tá?

E lá fui eu em direção à minha cama de braços dados com a Lia. Carinhosa, a Lia. Levou-me até a minha cama e me ajudou a subir e me arrumar nela. Então, como mágica, tirou do bolso um copinho de papel com um cipro de um grama e foi colocando, sempre com carinho, o remédio na minha boca.

Eu	— Outra vez? Já estou melhor!
Lia	— Esse remédio é assim mesmo. De oito em oito horas uma nova dose. E isso durante cinco dias.
Eu	— Quer dizer que vou ter que ficar aqui cinco dias?
Lia	— Isso é com o doutor. Ele é quem vai dizer.

Conformei-me. Fazer o quê? A Lia se foi. Deixou-me pensando. Se eu fosse embora, fosse quando tivesse que ir. Dane-se o resto. Agora, o que eu queria mesmo é viver e comer regularmente. No fundo estava adorando essa vida de enfermaria. As luzes foram apagadas logo depois que a Lia sumiu no corredor. Claro que foi ela quem apagou as lâmpadas. Tudo escureceu. E começaram as dores. Com elas, os gemidos acompanhados pelos gritos, estes mais eventuais. Os gemidos eram mais gerais, os gritos não. Eles eram a elite do sofrimento da enfermaria. É, a noite doía mesmo. Tentei voltar a dormir. Escorreguei no sono. Tomara que eu agora sonhasse. Queria os sonhos bons. Pesadelos nem pensar, para isso bastava a minha vida que, sozinha, preenchia todas as vagas que eles poderiam ocupar. Nem demorou muito, a cortina preta começou a se fechar, enquanto os gritos iam se assenhoreando daquele berçário escuro de todas as dores. Se sonhei, devem ter sido bons os sonhos: não me lembrava de nada. Acho que dormi feito uma pedra há milhões de anos adormecida. Só que não foram milhões de anos nada, de manhã cedo, o que me acordou mesmo foram os ruídos dos carrinhos com o café da manhã entrando na enfermaria. Aliás, nem sei direito. Talvez tenha sido o cheiro de café quente, soberbo numa cafeteira gigante e agora vinha, fumegante. As enfermeiras entraram também, como gaivotas brancas de luz trespassando o corredor. Acabei de acordar, estava com fome de novo. Nem me reconhecia mais: fora aquele reles mingau de ontem, eu estava comendo como nunca. Acabaria ficando gordo. Peraí, para chegar lá eu iria precisar de quilos e muitos quilos mais, além do que, sairia daqui a cinco dias no mínimo. Cinco não mais: agora, pouco mais de quatro dias, já que havia tomado três pílulas do remédio. Uma enfermeira nova ajeitou para mim a mesinha da minha cama e em cima pousou a tão esperada bandeja. Finalmente o meu primeiro café da manhã depois de tanto tempo, muito tempo mesmo. Eu nunca dei muita importância ao chamado desjejum, mas hoje era diferente. Hoje eu queria de verdade. Na bandeja não é que tivesse tanta coisa assim, mas o café estava quente, o pão até melhor do que aquele da padaria lá do meu prédio. Tinha até manteiga, não era margarina, não; era manteiga mesmo. Pelo menos eu pensava que fosse e, se não, nem queria saber a verdade.

Ataquei tudo. Comecei com um grande gole de café. Delícia. Fantástico. Peguei o pão, quebrei-o com as mãos e borrei os pedaços com a manteiga. Tudo estava ótimo. Até descobri um potinho de geleia e uns biscoitos. Comi tudo. Juro, que delícia foi aquilo tudo. Lembrei-me do Arfa. Olhei. Lá estava ele. Já tinha acabado. Parecia estar bem à beça. Olhava para mim também, o meu amigo Arfa. Sorrimos um para o outro. Estávamos bem. Ali, naquele território do Arfa, isso era tudo que contava. Pensando bem, tínhamos aprontado. Melhor, tínhamos sofrido eventos não esperados. Mas, agora, parecia que estávamos bem mesmo. Sorríamos. Permitiria-me dizer com a sanidade à toda. Parecia que finalmente o berçário passaria por aquele dia ileso. Claro, os gemidos de sempre, que, com a luz diurna, diminuíam. Os gritos quase inexistiam. Foi mais ou menos isso. Só os gemidos apareciam, mas mesmo assim em menor quantidade e mais tímidos. Talvez envergonhados perante a luz obscena que entrava pelas janelas, penetrando nas almas de cada autor de gemidos. Os gritos ou o arremedo deles, como já disse, quase inexistentes. Outro dia molenga. Nada aconteceu. Nada de previsões meteorológicas. Aquelas que não acontecem nunca. Vivemos. Almoçamos (com direito a todo o cerimonial). Naquele dia, sobrevivemos. Ah, esqueci de falar com o Arfa aquela coisa do arlequim. Não sei por quê, mas me esqueci. Mais um dia passou. Anoitecia. Aí veio o plantonista. Sério, circunspecto, pretendendo ser a palavra final. Veio até a minha cama. Ele era arrogante e, com ela, a arrogância, informou-me:

Plantonista	— Seu Jorge, chegamos à conclusão de que o senhor está recuperado. O resto da medicação que o senhor tem que tomar, durante mais três dias e de oito em oito horas, o senhor vai levar para casa. Mas não se esqueça: o

senhor tem que tomar tudo. O senhor vai tomar todo ele até a última pílula, mesmo na sua casa. Esse remédio não é brincadeira, não. Se o senhor interromper o tratamento antes do tempo, a doença que o provocou poderá retornar. Portanto, o senhor vai tomar todo ele mesmo deixando o hospital. Amanhã de manhã o senhor vai ter alta. Não precisa mais ficar aqui.

Eu — Alta? Quer dizer que já vou embora amanhã? Mas ninguém fica bom assim tão de repente. Antes de ontem eu estava morrendo e amanhã já vou ter alta? Como é que pode? Nada é fácil assim.

Plantonista — Só para o senhor entender: o senhor chegou aqui desmaiado e muito fraco. Foi acudido e, além da alimentação, recebeu soro com vitaminas e tudo. Vomitou. Por quê? Porque comeu além do que o senhor devia. Teve o acidente. Foi tratado. Descansou. Reagiu. Continuou com o soro e as vitaminas através dele. Em suma, está bem mais forte. Amanhã já pode ir. Agora tenho que terminar a minha ronda. Até logo.

Foi embora. Eu fiquei em cima daquela cama estatelado. Surpreso ainda com a notícia. Iria embora amanhã! Logo agora que já estava gostando. Senti-me o próprio Arfa, já até com vontade de seguir a sua profissão. Precisava contar a ele. Virome. Não dava para acreditar. O mesmo médico estava na sua cama e pelos gestos dos dois o motivo era igual ao meu. O Arfa resistia brilhantemente. Toda a sua voz de barítono voltara à tona. Ele estava quase gritando com o doutor (como diriam as enfermeiras ao se referirem sobre aquelas figuras sérias e autoritárias, nunca "médico". Segundo elas, os doutores eram quase santos. Portanto não eram médicos, e sim doutores). Mas com o meu amigo não tinha isso, não. Ele não queria nem saber. Tratava de igual para igual aquele médico arrogante. Mas nada parecia demover o cara. Ficou tudo estabelecido. O Arfa acabou cedendo. O médico foi continuar a ronda. É, o Arfa iria embora como eu amanhã de manhã. Coitado, ele ficou arrasado. Eu tinha até ouvido as últimas palavras deles.

Arfa	— (interrogando o médico) E eu, vou fazer o quê?
Plantonista	— Isso eu não sei. Não me diz respeito. Agora tenho que ir. Tenho que continuar minha ronda. Até amanhã e boa noite.

Desisti de falar com o Arfa. Dava para ver que ele estava arrasado. O que eu poderia dizer para minorar o óbvio sofrimento do pobre coitado. O quê? Nisso, ouço o barítono:

Arfa	— Seu Jorge...
Eu	— Fala.
Arfa	— Tragédia! Vão mandar o senhor embora amanhã! Tentei à beça adiar, mas não consegui nada, queria ficar aqui para tomar conta do senhor.
Eu	— Toda essa briga com o médico foi por minha causa? Você queria que eu ficasse? Você brigou por mim?
Arfa	— Claro, por quem eu brigaria?

Eu	— Sei lá. Mas, amigo, você perdeu tempo. Eu já sabia. O médico já tinha me informado. Quando eu fui contar para você, ele já estava aí. Então não deu. Mas pensei que você estivesse se alterando por você. Imaginei que ele estivesse lhe avisando da mesma coisa. Não se complica por mim, não. Não se arrisca. Eu dou um jeito.
Arfa	— O senhor ainda não entendeu, né? O senhor é o meu único amigo. Se vai embora, o que é que eu vou fazer sozinho aqui? Antes eu tinha uma realidade aqui. Depois que eu conheci o senhor, tenho pensado. Agora o meu presente é outro. Como tenho sido burro! Ficar aqui só pelos banhos de esponja e as três refeições. É pouco, comparando com a nossa amizade. Mas ao mesmo tempo se eu não estivesse aqui, como teria conhecido o senhor? Continuaria sem amigo. Um que nem o senhor!
Eu	— Não sei, Arfa. Já que você pensou em mim, uma pergunta só: e eu, vou fazer o quê?
Arfa	— Não sei, não, seu Jorge.
Eu	— Continuar a vidinha que eu tinha? Aquela que me trouxe aqui? Que quase me levou à morte? Para onde vou? Devo voltar para o meu cubículo vagabundo? Voltar a comer, às vezes, um sanduíche de mortadela? Ficar parado,

	sem fazer nada? Sem futuro e fazendo companhia ao meu passado ferido?
Arfa	— Não sei o que dizer, seu Jorge. Só estou dizendo o que sinto. E sabe o que mais? Vou embora amanhã também. Não fico aqui sozinho, não. Não fico sem o senhor.
Eu	— (irônico) Tá bem, Arfa. E vamos fazer o quê? O que vamos fazer das nossas vidas tão vazias?
Arfa	— (pensa antes de responder) A gente fantasia.
Eu	— A gente fantasia? O que é que você quer dizer com isso?
Arfa	— A gente imagina juntos. A gente vira poeta de rua. O senhor não acha uma boa? Juntos, pelo menos, não precisamos virar ladrões.
Eu	— Que é isso, Arfa? Que história é essa de ladrão?
Arfa	— Ah, seu Jorge. O senhor não sabe o que é morar na rua e ter fome. Às vezes, com fome, aparece uma oportunidade e não dá para resistir. A gente vai à guerra até por um pedaço de pão.
Eu	— Mesmo que eu não saiba exatamente do que se trata, prefiro ser poeta de rua do que ladrão. Quem sabe até não dá um dinheirinho para uns sanduíches de mortadela.
Arfa	Viu? Viramos dois homens e uma cabeça só.

Eu	— (rindo) Então é isso? Ficamos amigos, parceiros, aqui nesse pátio de milagres?
Arfa	— O senhor tem uns livros de poesia no seu apartamento?
Eu	— Já, poeta Arfa?
Arfa	— Preciso saber se o senhor sabe ou conhece uma boa poesia. É para o senhor, seu Jorge, ler e decorar. Se ambientar.
Eu	— Mas tenho que dizer uma coisa: não moro num apartamento bom, não. Escondo-me num cubículo muito ruim.
Arfa	— Seu Jorge, o senhor não está pensando que estou sugerindo pra morarmos juntos, né? Fique tranquilo. Eu dou meu jeito. Fiz sempre isso de morar na rua. Não é nenhum mistério, não. Só quando chove é que é meio chato. Aí, quando a gente sair amanhã, levo o senhor até as minhas cotias. De lá vamos pra sua casa. Fico sabendo seu endereço exato e todos os dias de manhã estarei lá pra trabalharmos nossa nova carreira. Aí vamos encontrar nossas novas vidas. Viu? O senhor me inspira, seu Jorge. Quero até trabalhar, onde já se viu?
Eu	— Não se sente melhor?
Arfa	— Acho que sim, seu Jorge.
Eu	— Então vou descansar. Vou pensar um pouco. Depois conversaremos mais, tá?

Com a concordância dele, virei para o outro lado. Tudo tinha sido tão intenso. Ser poeta de rua... Que raio de profissão era essa? Poesia até que eu já lera. Até gostara. Mas na rua? Que é que o Arfa me propusera com essa coisa de dois corpos e uma cabeça? O que vinha a ser isso? Ele ia ter que traduzir para mim. Ah, e o arlequim? Esqueci de perguntar outra vez. E depois essa coisa de dormir na rua. Bolas, o cara se declarou meu amigo, demonstrou que é, vai até embora da enfermaria por minha causa só porque vou receber alta amanhã. Qual a razão dele? Não poder continuar aqui porque não estarei mais. Como é que eu vou poder deixá-lo morar na rua? Isso não. Eu não poderia suportar. Mas como é que eu ia resolver? Instalou-se em mim um drama. Amar ou não amar? O que fazer? Tínhamos que conversar, não podia ser assim, a cabeça dos dois corpos haveria de dar um jeito. Qual? Não tenho a menor ideia. Será que ela, a cabeça, teria? Afinal de contas, ela tinha dois corpos. Mas o que poderia ser esse monstro, o monstro criado pelo Arfa?

Eu	— Arfa, tá acordado?
Arfa	— Claro. Estava pensando nos dois corpos e a única cabeça deles. É uma ideia bacana, né? Tou até pensando nas fantasias que ainda me lembro.
Eu	— Você conhece poesia?
Arfa	— Não conheço muito bem, não. Só as que eu falei há algum tempo.
Eu	— Você escreveu? Mas como? Eu estava pensando até que você... (envergonhado) me desculpa, que você não soubesse ler e escrever.
Arfa	Bem, ler que é ler não sei muito, não. Só arranho. Meu caso mesmo, no passado, era falar poesia. Aí

alguém botava no papel pra mim. Mas quando eu as dizia ao mesmo tempo decorava. Antigamente eu dizia, decorava e não me esquecia. Só que eu não chamava de poesia, não. Eu chamava de fantasia.

Eu — Você é meu amigo. Acredito em tudo o que você está me dizendo. Acho que você seria incapaz de mentir para mim. Mas, Arfa, não estou compreendendo nada. Principalmente a parte em que você chama poesia de fantasia. Não entendi nada.

Arfa — Seu Jorge, o que é poesia senão fantasiar o que é feio? Ou fantasiar o que é bonito em mais bonito ainda. O senhor não acha?

Eu — Nunca tinha pensado sob esse ângulo. Mas acho que você tem razão.

Arfa — Sabe, se eu encontro alguém que escreva pra mim, juro, não paro de fantasiar. Fantasio até quando estou ajudando alguém. Por exemplo, quando dei parte do meu sangue pro senhor, fantasiei que estava dando sangue para um imperador. Assim me senti melhor. Quase um imperador também. Mas não tem problema, não. Onde eu moro, lá na praça das cotias, tenho um canto que é meu cofre. Quero dizer, não é cofre exatamente, mas só eu sei onde é. Lá estão todas as minhas fantasias que escreveram pra mim. Amanhã, quando a gente sair, vamos lá que eu dou pro senhor ver.

Eu estava inteiramente atordoado. Acreditando em tudo, embasbacado. Não tinha nem percepção exata de tudo aquilo que acabara de ouvir. Que novo Arfa era esse que acabara de conhecer? Seria um semideus incógnito, disfarçado de doente profissional ou um mistério que se associara a mim? Eu não entendia nada. Nada do que estava ouvindo. Ele me confessou:

Arfa	— Eu sei, seu Jorge. É tudo muito estranho, né?
Eu	— Muito, Arfa. Muito mesmo.
Arfa	— Amanhã, seu Jorge, perto das cotias, o senhor vai ver tudo. Aí o senhor vai entender.

Olhei para o céu. Melhor dizendo, para o teto da enfermaria. Não parava de pensar sobre o cofre do Arfa. E se tudo fosse verdade como eu explicaria para mim mesmo? Pior, como eu reagiria a tudo aquilo? Seria mais um reinício que eu não quisera para mim e agora nem sabia mais? Não sabia de mais nada. Agora era esperar aquele dia terminar e amanhã, a minha alta e a saída do Arfa. Para mim, até a saída dele era um mistério. Como ele faria? Perguntado, disse-me que era fácil, que deixasse com ele. Eu não deveria me preocupar. Daqui a pouco chegou o jantar. Tudo a mesma coisa. Nenhuma surpresa. Vi a Lia. Contei para ela sobre a minha alta. Ela confirmou já saber e, ao contrário dos meus sentimentos, demonstrou sua alegria por eu já estar curado. Claro, não era com ela. Deu outra pílula para eu tomar e repetiu para não me esquecer das oito em oito horas. Após as bandejas serem recolhidas, desejou todo o bem do mundo para mim. Foi embora pelo corredor. As luzes se apagaram. Claro, sempre a Lia. Não disse mais nada. Dediquei-me a pensar. Aos poucos, a cortina preta baixou. Dormi. E bem! Sonhei sonhos bons. Quando acordei, não me lembrei de nada. Os sonhos tinham sido bons. Os carrinhos do café me acordaram.

    Estranho. Acordei alerta. Vi tudo. Percebi tudo. Olhei para a cama do Arfa: nada, ninguém. Nem as cobertas arrumadas como se alguém tivesse morrido. Quando isso acontece, as enfermeiras arrumam a cama de um jeito especial. Nada mesmo. Sabe aquele Nada lá do qual falei antes? Era algo como aquilo. Lembra dos planetinhas que passavam e não voltavam? A minha reação foi como se o Arfa fosse um deles. O colosso sumira. As enfermeiras notaram também. Foi outro corre-corre. Só que agora elas estavam histéricas. Se alguém morresse, tudo bem. Era um cadáver que ia e alguns papéis a preencher. Mas sumir era outra coisa. Aí era um problema. A polícia seria chamada, explicações teriam que ser dadas. Os médicos foram chamados. Vieram alguns. Nunca tinha visto mais de um ao mesmo tempo lá na enfermaria. A confusão era geral. Finalmente, alguém teve a brilhante ideia de abrir o armariozinho que cada doente tinha a seu lado. Lá eram guardados as roupas e os pertences que cada um trouxera consigo ao chegar lá (sabe, antes de botarem as batas). Na mesinha do Arfa não tinha nada. Portanto, deduziram, para alívio geral, que o Celso tinha se mandado durante a noite. Ah, bom! Agora ficou tudo mais simples. Seria só uma questão de preencher um ou dois prontuários. Pronto, o problema acabou. Daí a pouco um médico chegou até mim. Falou da minha alta, que estava na hora de ir etc. Deu-me um envelope com as pílulas que eu deveria tomar. Despediu-se e foi embora. Fui à mesinha, humilde como só ela poderia ser. Abri. Peguei meus trapos. Melhor, eram ainda um pouco melhores que trapos. Preparei-me para sair. Olhei em torno: era como se fosse um Tarzan sem a selva. Todas as camas estavam ocupadas pelos gemidos gerais, mas não via os corpos. As camas me pareceram vazias. Vazias de corpos ou bandejas, sei lá. Não imaginei onde pudessem estar os corpos. Era uma enfermaria sem corpos. Aquela ausência coletiva, apesar de sonora, espantou-me. Fui embora. Na secretaria assinei uns papéis. Aliás, assinei tudo que botaram na minha frente para assinar.

Parti. Cheguei à rua. Parei, olhei em torno. Estava quente. Desci as escadas. Três dias de internato faziam dos ruídos, barulho; das vozes, vozerio. Tudo era demais. Lá fui eu. Dei uns dez passos. Pouco depois, senti o arfar do Arfa perto do meu pescoço.

Arfa — Vamos lá na praça das cotias, seu Jorge. Nossas novas vidas não podem esperar. Temos que começar logo.

Aqui fora era tudo diferente. Tudo o que fora dito na enfermaria já tinha sido transformado em passado distante. Mas não para ele. Não para o Arfa.

Eu — Vamos lá. Aproveita para me contar essa história de dois corpos e uma cabeça.

Arfa — É simples. A gente vai pegar no meu cofre o que escreveram pra mim. O que eu tiver esquecido o senhor lê pra mim. Aí eu decoro de novo. Aí quando a gente estiver pronto, vamos pra rua ganhar dinheiro.

Eu — E você acha que é simples assim ser poeta de rua? Que a gente vai ganhar dinheiro?

Arfa — Acho não, tenho certeza. Sabe, uma vez eu tava duro à beça. Sem nada pra fazer e com fome. Parei num lugar maneiro, desses que passa muita gente, e comecei a fantasiar lá da minha cabeça, tudo na hora. Aí, começou a parar gente. Uma pessoa, duas, outras, mais outras; no final começaram a me aplaudir e botar dinheiro no meu bolso. Em todos os bolsos. Foi grana à beça, muita grana. Não deixavam eu parar. As palmas só paravam quando eu começava a fantasiar de novo. Aí, quando os meus bolsos já não cabiam mais de dinheiro, um sujeito esperto apareceu com um desses sacos de supermercado. Não daqueles pequenininhos de plástico, não. Não, senhor. Daqueles maiores, de papel forte. Eu continuei a fantasiar mais e ser aplaudido. Aí começaram a botar dinheiro no saco de papel. Levei um tempão. Aí, eu fiquei cansado e tive que parar. Até pedi desculpa. Mas aí, o saco de papel estava cheio de dinheiro. Fazia um volume enorme. Poxa, seu Jorge, fiquei até com vergonha. Mas levei o saco assim mesmo. E o público? Não parava de aplaudir. Sabe, seu Jorge, se o senhor fala em poesia a maioria se afasta. Mas, se o senhor fantasia sem dizer nada, a turma se amarra e ainda paga. Foi isso que eu vi para nós. Vamos ser poetas de rua. Só que não vale dizer que é poesia, não, tá?

Eu — E eu vou fazer o quê?
Arfa — Ora, seu Jorge, o senhor será meu arauto e administrador. É fácil, moleza.
Eu — Administrar? Tudo que você ganhar?
Arfa — Claro, seu Jorge. Tudo o que nós ganharmos. Não fique com ciúme,

não. Por acaso o senhor sabe fantasiar? Eu não sei como, nem por quê, mas eu consigo, pra nós dois. Se lembra? Dois corpos, uma cabeça? Então vamos nessa. Vai dar certo. Vamos logo pra praça das cotias. (animado) Vamos pegar o meu cofre.

Lá fomos nós atrás das cotias e do cofre. O sol estava quente e fazia suar. Passamos pela esquina da minha rua. Pedi ao Arfa para me esperar ali mesmo que eu ia até meu apartamento ver uma coisa que deixei lá. Subi as escadas. As chaves do apartamento 301 (parecia piada chamar o 301 de apartamento, mas chamava assim mesmo) estavam no meu bolso. Abri. Entrei. Fui diretamente à gaveta da cômoda e nem olhei para os lados. O meu velho revólver estava lá. Que alívio, tinha deixado o bicho lá. A Maninha não tinha tocado nele. Até as balas estavam lá. Fui embora, voltei para o Arfa. Acho que fomos ao cofre mesmo. As cotias seriam meras e doces testemunhas, reconheceriam o Arfa, sentiriam-no. Ele estava feliz, ao menos parecia. Parecia não, estava mesmo. Fomos a pé e quando finalmente chegamos lá, o Arfa resolveu sentar-se num banco de madeira. Sentei-me também, na outra ponta. Aquele era igual a tantos outros espalhados pela praça. Mas o escolhido naquele momento foi aquele mesmo. O porquê de ser aquele precisamente eu não tinha a menor ideia. O Arfa olhava com desconfiança para todos os lados. Não ia ou vinha ninguém. Pareceu-me até misteriosa a desertificação humana na praça das cotias. Éramos nós e elas. Claro, as árvores e pedras estavam lá também e os outros bancos — aqueles que não foram escolhidos pelo meu colossal amigo. Depois de muito olhar ao nosso redor. Movimento.

Arfa — Dá licença, seu Jorge.

Levantou. Levantei-me também. Com um piscar de olhos levantou aquele banco de um buraco feito por um dos seus pés de ferro. Enfiou a mão no buraco. De lá levantou um bolo úmido, mas ainda vivo, de papéis. Colocou o banco de volta no lugar. Dava a impressão que para ele aquilo valia ouro.

Arfa — Vamos, seu Jorge.
Eu — Que é que você tem aí, Arfa?
Arfa — Parte das minhas fantasias. Das outras eu me lembro. Estas aqui só quem as escreveu pra mim conhece ou eu já disse por aí e alguém copiou. Agora o senhor me leva pra conhecer sua casa. E o senhor vai ler pra mim. Temos que começar a fantasiar logo. Estamos duros, não estamos?

Quanta praticidade, quanta resolução. Eu o seguia como um cachorrinho sem coleira. Não me desgrudava dele. Só faltava abanar o rabo. Fui pensando sobre o saco de papel cheio de dinheiro, fora os bolsos. Devia ser dinheiro à beça. Preocupei-me com o Arfa. Dormir na rua? Não. Nunca. Amigo meu, não! Daríamos um jeito.

Eu — Vamos lá, Arfa. Fica ali na rua das Marrecas.
Arfa — Já imaginava... A sua descrição da corrida atrás da torta, só faltou dizer pra mim o número do seu prédio e o do apartamento. Senti que era a rua das Marrecas.

Eu	— Mas fui tão pobre na descrição da vizinhança...
Arfa	— O senhor é que pensa. O senhor falava e eu fantasiava. Aí o senhor falou das cotias. Aí, vi o cenário todo da rua. Não se esqueça que sou amigo delas. Das cotias, quero dizer.
Eu	— Então vamos embora logo. Vamos lá para casa. Imagine, a chave ainda está comigo! No mesmo bolso em que botei quando saí atrás da torta. Puro automatismo. Um hábito que criei. Nunca esqueço das minhas chaves. A Maninha estava lá e, mesmo assim, eu trouxe o chaveiro e lá no hospital ninguém mexeu nele.

Lá fomos nós. O Arfa e, logo atrás, eu. Era bem perto. Chegamos logo. Então tomei a frente dele. Subimos os dois lances de escada que nos separavam do 301. Abri a porta. Quase caí das cuecas. O quarto estava magicamente brilhante. A Maninha fez um verdadeiro milagre. Tudo estava limpo e arrumado. Nem acreditei. Tudo imaculado.

Arfa	— Ué? O senhor não disse que era quase uma pocilga? Há muito tempo não vejo um luxo desses. Assim vale a pena morar num prédio como o seu. Nunca poderia imaginar que neste edifício, sem elevador nem nada, existisse um apartamento tão supimpa. Pô, seu Jorge, o senhor se esconde bem mesmo, né?

Fiquei até sem jeito. Como é que poderia explicar a ele esse milagre? Senti-me até culpado de um crime, de lesar o Arfa. Nem sabia direito o que dizer.

Eu	— Foi a Maninha, lembra? Aquela que deixei aqui arrumando. Aliás, foi ela que quis arrumar. Eu fui atrás da torta. Foi ela que limpou e arrumou tudo. (em tom de desculpa) Acredite em mim.
Arfa	— Claro que acredito. Esta limpeza toda, essa arrumação é mesmo coisa de mulher. Só pode ser. Acho até que o senhor devia se casar com ela. Acho, acho mesmo. Mas antes temos que fantasiar pra ganhar um dinheiro pro senhor poder casar.
Eu	— Tá maluco, Arfa? Vira sua boca pra lá. Quem disse que eu quero casar? Que eu preciso de um quarto limpo que nem este? Até sinto saudade do jeito que ele era. A pocilga que eu chamava de meu quarto.

Então me lembrei de fechar a porta e convidá-lo a sentar. Ele sentou numa das cadeiras que eu tinha. Eram duas. A que ele sentou até rangeu sob o seu peso, mas resistiu. Sentei-me na outra. O Arfa estendeu para mim a maçaroca de suas fantasias escritas, aquela lá da praça das cotias. Peguei o bolo de papel e comecei a separar as páginas. Uma por uma, estiquei como se estivesse passando roupa. No final contei: eram umas trinta páginas. Os garranchos variavam de uma ou duas páginas para garranchos diferentes em outras folhas de papel. Tinha até papel de embrulho com fantasia do Arfa escrita nele. Mas, apesar de tudo, até que dava para ler mesmo as fantasias escritas com o pior garrancho e borradas pela umidade. Dava, dava sim. Durante todo o tempo que levei arrumando todas as fantasias, o Arfa ficou calado. Tenso, esperançoso que eu conseguisse arrumar tudo e finalmente começasse a ler. Ia começar quando ele suspirou.

Arfa	— E aí, seu Jorge. O senhor acha que vai dar?
Eu	— Vai sim. Vou começar, tá?
Arfa	— Manda brasa!
Eu	— *Na praça dos leilões aquele dia*
	iam vender ilusões.
	Ilusão por ilusão, cada uma delas.
	No momento de venderem a primeira,
	de todos os cantos,
	encheram a praça os meninos do mundo.
	Ao pregão, numa só voz, compraram as ilusões.
	Não uma delas. Todas duma vez.
	Os adultos riram muito naquele dia,
	com a tolice dos meninos.
	Com o passar do tempo os adultos ficaram velhos. Tristes. Sós. Morreram.
	Os meninos alimentados de ilusões,
	envelheceram também.
	Mas velhos, seu corpos guardavam das ilusões,
	sinais.
	Velhos, pareciam eternos. Quase jovens.
	Tinham ainda, refletidos no olhar,
	pedacinhos de sol com que brincar.

Depois de ler a terceira fantasia (ou a quarta, sei lá) resolvi comentar algo.

Eu	— Puxa, Arfa. São boas mesmo. Veio-me até uma vontade louca de aplaudir. Só não aplaudi para não te embaraçar.
Arfa	— E quem disse que aplauso embaraça? Eu gosto. Não de aplaudir, adoro ser aplaudido.

Levantei para tomar um copo d'água. Ofereci para o Arfa. Não aceitou. Estava ansioso que eu continuasse a ler. Provavelmente, esperando que agora, livre da ideia de embaraçá-lo, eu afinal aplaudisse. Bebi a água. Voltei para minha cadeira de leitor. Recomecei. Depois de ler mais cinco ou seis novas fantasias do Arfa, não me contive:

Eu	— É genial, Arfa. Sensacional! Mas será que eu li rápido? Você conseguiu decorar alguma coisa?
Arfa	— Tudo, seu Jorge. Tudinho.
Eu	— Mas é impossível, li muita coisa. E você me diz que já decorou tudinho? Como pode ser?
Arfa	— Quer que eu repita pro senhor? Quer?
Eu	— Até que eu gostaria. Mas entenda, não estou duvidando de você. Só que (hesitando) eu gostaria de ouvir em vez de ler.
Arfa	— Bacana, seu Jorge. A desculpa foi boa, mas não era preciso. Vou repetir tudo pro senhor ouvir. Tá pronto?

Voltei a me sentar. E ele se levantou. Começou pela primeira e foi até a última fantasia, pela ordem. Fiquei atônito.

Ele só faltava repetir as vírgulas e os pontos. Repetiu tudo. O Arfa decorara tudo, tudo mesmo. Agora sim, não resisti. Aplaudi com todas as forças que meus braços aliados às minhas mãos puderam. Ele sorria como um grande ator habituado a ser aplaudido por plateias de admiradores. Ele não resistia a aplausos. Dava para ver isso no semblante dele, com seus imensos dentes brancos, cheio de orgulho. Cansei de aplaudir. Não é verdade: minhas mãos e braços é que cansaram.

Eu	— Sensacional, Arfa. Além de decorar, você botou emoção em cada palavra. Você tem um grande talento. Vai ganhar muito dinheiro.
Arfa	— Não vou, não. Nós é que vamos. Dois corpos e uma cabeça, lembra? Nós dois. Os dois amigos da enfermaria sete do Souza Aguiar. Não é bacana? O senhor, seu Jorge, será minha razão pra fantasiar e fazer sucesso. Seremos um timaço. Vamos começar amanhã. Tá bom pro senhor?

Levantou-se e me informou que ia para onde ele costumava dormir.

Eu	— Não, Arfa. Não está bom, não. Somos amigos, não somos? Como é que você acha que eu vou deixar o meu amigo dormir na rua? Ainda mais agora que a minha pocilga está limpa e arrumada. Daremos um jeito e você fica aqui comigo. E não se discute! (Senti-me ótimo.)

Arfa — Tá bem, seu Jorge. Não vamos discutir, não. Agora vou dar uma saída pra comprar alguma coisa pra gente comer. Tenho ainda bastante dinheiro das minhas últimas fantasias públicas. Volto logo.

Ele saiu. Comecei a bolar o que fazer para caberem dois no meu cubículo (e por acaso um deles imenso). Dei um jeito aqui, empurrei ali, puxei para cá e finalmente, no improviso, arranjei dois lugares para dois homens dormirem. É, ele podia ficar lá. Quando chegasse, já teria um lugar para ele. Demorei. Ele também. Cheguei a me impacientar com a demora dele. Ele voltou e carregava uma porção de coisas, entre elas o que me pareceu ser uma imensa pizza, que, ainda quente, cheirava a orégano. Dei dois passos, só dois naquele exíguo cubículo, peguei pratos e talheres para atacar a pizza com o Arfa. Pegamos as cadeiras e quase, quase comemos a pizza ainda embrulhada. Já sem o papelão, cortamos aquela gostosura e demos as primeiras mordidas. De um saco, ele tirou duas latas de cerveja ainda bem geladas, tiramos os anéis das latas e sorvemos delas bons goles enquanto devorávamos a pizza. Comemos tudo, até a surpresa que ele trouxe: dois pedaços de torta de chocolate com recheio idem. O Arfa lembrara, maravilha. Satisfeitos, encostamos onde deu e jogamos papo fora.

Arfa — Seu Jorge, tenho que confessar algo sobre a minha vida. Uma espécie de sina. Quando eu era pequeno, minha família era muito pobre. Meu pai trabalhava nem sei em quê. Minha mãe era dona de casa. Meu pai saía de manhã e só voltava à noite. Quase todos os dias, quando o meu pai estava trabalhando, minha mãe me mandava brincar do lado de fora da casa. Nós tínhamos uma espécie de quintal e eu ficava lá, brincando. Quase sempre minha mãe recebia visitas de homens que eu não conhecia, mas ela dizia pra mim que eram tios meus. Um dia, meu pai chegou cedo em casa. Me deu até logo de longe. Eu corri pra ele. Gostava muito do meu pai. Como era cedo, pensei que ele até poderia brincar comigo como ele fazia quase sempre. Ele tentou abrir a porta. Ela estava trancada. Ele era grande. Mais ou menos como sou hoje. Aí ele jogou seu imenso corpo contra a porta. Ela caiu. Minha mãe, que estava nua, tentou botar uma camisola. O "meu tio" começou a querer botar as calças, nem de cuecas estava. Olhei para o meu pai. Seu rosto parecia de pedra. Não disse nada. Foi até o armário. Pegou um revólver. Primeiro atirou no homem. Um tiro só no meio do peito. Na mamãe deu três tiros devagar, quase com gosto. Depois, com o rosto suave sorriu, levantou o revólver e deu um tiro na cabeça. Eu não disse nada. Me agachei e fiquei ao lado dele. Nem sei o porquê, mas não condenei ou absolvi meu pai. Nossa casa era afastada. Demorou para que chegasse alguém e depois chegou a polícia. Eu estava cheio de sangue do meu pai. A polícia me levou. Não chorava. Não falava nada. Nem quando a polícia me perguntava alguma coisa. Fui para um orfanato de crianças especiais. Nunca mais falei. Só voltei a falar quando aos dezoito anos fui liberado daquele lugar. Me deram algum dinheiro e me mandaram embora. Se lembra que eu falei da sina? Até os dezoito anos nunca falei com ninguém. Nunca aprendi a ler ou a escrever. Mas decorei tudo que ouvi naqueles anos todos. Decorei todas as palavras que o pessoal do orfanato falava. O meu vocabulário era maior do que o das outras pessoas. Foi a primeira demonstração da força da minha memória. Mas apesar daquela vantagem não tinha dinheiro nem para comer direito. Aí comecei a fantasiar. Era muito fácil. Fiz muito dinheiro. Guardei tudo por uma razão simples: a sina virou uma espécie de destino na minha vida, uma missão. Guardei esse dinheiro todo para ajudar alguém que merecesse. E, seu Jorge, o senhor merece. Tenho que levar o senhor de volta para quem o senhor amou e trazer para o senhor quem o amou. Então, o mais urgente agora é fantasiar para ganhar mais dinheiro para dar felicidade para a gente. Portanto, temos que nos preparar para as fantasias de amanhã ou usar as minhas antigas. Senão, de qualquer maneira, na hora eu fantasio.

Estava sentido pelo Arfa. Não sabia se era pena, se era de certa maneira orgulho por ele ou curiosidade do que ele considerava "muito dinheiro".

Eu — (Resolvi mudar de assunto.) Ih, quase tinha esquecido: não tomei o tal remédio das oito em oito horas.

Tomei o tal do remédio que curava, mas que, segundo o arrogante plantonista, se não tomado até o fim das doses, poderia até fazer mal.

Aos poucos escureceu, e, rápida, a noite deslizou nos olhos de cada um. Antes de dormir, ainda pensava que deveria ter dito alguma coisa para ele sobre o que me contara. Mas não sabia o quê. Dormimos. Não me lembrei de nada quando acordei. Portanto, os sonhos foram ótimos e não vieram os pesadelos. Abri os olhos. O Arfa me olhava. Quase não cabia em si pelo dia que tínhamos pela frente. Parecia nem se lembrar do que me contara.

Arfa — Tem café quente no fogão. Acabei de fazer. Limpei as coisas de ontem. Tá tudo pronto pra gente sair. Tou só esperando pelo senhor. Vamos lá?

Eu — Deixa eu acordar e tomar o café. Aí me arrumo e vamos.

Foi o que fiz sob o olhar ansioso do Arfa. Tinha pressa o meu companheiro para fantasiar. O sofá que lhe servira de cama, apesar dos pés dele sobrarem, já estava arrumado. Enfim, saímos. Já na rua, ele confessou.

Arfa	— Ontem quando fui às compras aproveitei pra pegar uns três sacões de papel grosso pro dinheiro.
Eu	— Três, Arfa? Você não acha otimismo demais?
Arfa	— (sempre positivo) Nunca se sabe, seu Jorge.
Eu	— Arfa, já está na hora de parar com essa coisa de "senhor" ou "seu Jorge", não está?
Arfa	— Não acho não, seu Jorge. Não consigo tratar um homem mais velho do que eu de igual pra igual. É o respeito. O senhor sabe, né; a diferença de idade. E, além disso, o senhor é branco.
Eu	— O que tem a diferença de cor? Somos amigos ou o quê?
Arfa	— Seu Jorge, me faz um favor? Deixa isso assim. Eu prefiro, tá?
Eu	— Bem, se você prefere assim, que seja.
Arfa	— Brigado, seu Jorge. Agora vamos escolher um ponto pra começarmos. Um que passe muita gente. Já sei: vamos no primeiro ponto onde eu comecei a fantasiar. Acho que já, já vamos ter que encontrar um apartamento maior pra gente morar. O seu, apesar de limpo, é muito miúdo pra dois morarem. O senhor não acha?
Eu	— Claro que sim! Já até cheguei a achar pequeno pra um. Mas, Arfa,

	não está um pouco cedo pra se pensar nisso?
Arfa	— O senhor ainda não acredita, né? Deixa estar. Eu fantasio e o senhor administra. O senhor vai ficar louquinho. Vamos longe. Já, já vai querer mudar para um lugar melhor.

Eu, completamente incrédulo, continuei a seguir o meu mestre da poesia (ou melhor, fantasia). Fomos parar na esquina da rua Quitanda com a Ouvidor. Era cedo, mas naquela interseção de ruas (ou segundo o Arfa, seu ponto de estreia como poeta de rua) dava a impressão que toda a espécie humana passava por ali num momento ou outro. E sempre voltavam. É realmente um senhor ponto comercial. Nenhum lugar seria melhor para fantasiar. O meu colossal amigo parou bem na esquina. Olhou para mim. Não precisava de palco. Não precisava de nada. Bastava a auréola da sua altura e aqueles dentes brancos de teclado.

Arfa	— Sei que o senhor nada tem de camelô, mas finja ser um e me anuncie como seu melhor produto, ou melhor ainda, faça-se de um arauto da Idade Média. Cabe melhor pro senhor com essa pinta "granfa". Aí anuncie seu cavalheiro Celso, o homem que lhe fala.
Eu	— Nunca fui muito bom nisso de falar em ou para um público.
Arfa	— É, seu Jorge, mas agora não dá pra voltar atrás. Já estamos aqui.

Eu	— Bem, vamos ver o que consigo. Tem tanta gente passando aqui que eu vou ter que gritar.
Arfa	— Não precisa, não. Basta falar alto para as pessoas que passam mais perto. Fazê-las pararem. Logo, logo, vai ter um bocado de gente à nossa volta. Acredite em mim.

Anunciei-me como sendo o arauto das esperanças perdidas e recuperadas. Nunca me imaginei tão sem vergonha. Mas acho que foi a ideia do saco de dinheiro cheio que me estimulara. Essa coisa de esperanças perdidas e recuperadas virou quase um refrão para mim. Com voz alta, sem gritar, perorei a respeito das esperanças que tivéramos e que voltaríamos a ter. A todo o momento, apresentando o Arfa como o homem das fantasias a serem vividas. Puxa, não é que ele estava certo! Num minuto já tinha gente à beça ao redor de nós dois, e apresentei o Celso para o povo ("Arfa" era só para mim). Ele olhava para aquelas pessoas quase que como súditos. E começou.

Arfa	— Vou começar! (Sua voz de barítono determinou.)

Na sua fantasia rotineira, o menino vivia do
impossível, cercado que era de ilusões.
Sozinho, nunca estava, sempre palpáveis
seus sonhos,
servia aos amigos do melhor
que a ilusão podia.
Estes, satisfeitos, satisfaziam a ele,
acompanhando-o de perto,
em tudo o que fazia.

> *Com o tempo, a ilusão sumiu.*
> *Os amigos se foram, perdidos dos sonhos.*
> *E o menino cresceu,*
> *agora só, solitário,*
> *tentava, dentro do possível,*
> *reviver o impossível.*

Ovação. Total delírio. Muito aplauso e o Celso, lá de cima de sua altura, agradecia, condescendente, aos seus novos admiradores. Eu delirava também, apesar de achar que no finalzinho da sua fantasia ele poderia ter sido mais otimista. Mas a turma tinha gostado à beça. Continuavam a aplaudir. E mais gente parava por curiosidade. Os que tinham ouvido, em primeira mão, a fantasia do Arfa começaram a oferecer dinheiro, a colocá-lo nos bolsos dele e nos meus também. No início, fiquei até sem jeito. Mas logo, logo, habituei-me. Os aplausos continuavam, e foi aí que começaram a pedir mais fantasias. O Arfa não se fez de rogado.

Arfa — *Era uma vez uma moça triste.*

Morreu de rir da própria "piada". A multidão morreu de rir com ele também. Ele estava dando um verdadeiro show. O Arfa dominava completamente a plateia. Numa esquina quase em frente, dois PMs se dobravam de tanto rir. Estavam todos dominados pelo Celso. Caramba, não é que meu amigo era sensacional mesmo?! Um show de verdade. Parou de rir subitamente. Respirou.

Arfa — *— A moça triste não sorria.*
Tinham acabado os seus sorrisos.
Sentada na areia junto ao mar,
olhava, nada via.
Pensava, não sentia.
Então, ela ouviu. Pressentiu.

Vinha de longe, de repente,
do vácuo observável,
como o suspiro de um último esforço,
um raio bruxuleante.
Pálido. Quase branco.
Branco, ele tocou o mar.
O reflexo daquele mágico toque acariciou
com ardor
o olhar frio da moça triste.
Seus olhos deram em troca uma lágrima.
Em homenagem à beleza do poente cansado,
a lágrima morna, dando amor aos olhos frios,
transformou-se em esperança,
dando vida à vida da moça triste.

Nossa, dessa vez o Arfa arrancara lágrimas! E quantas! Duas senhoras, enquanto enxugavam as suas, com lenços pegos nas bolsas, foram as primeiras a botar dinheiro no bolso do Arfa. A quantidade de homens que timidamente chorava era grande. Todos se sentindo na obrigação e no desejo de colaborar com o futuro da cabeça e dois corpos. Os bolsos do Arfa já não aguentavam mais de tanto dinheiro. Olhou pra mim e desviou o olhar para as sacolas que trouxemos. Entendi. Pegou dois imensos bolos de notas e deu para mim. Eu prontamente abri uma sacola de papel grosso e botei tudo dentro. Os admiradores mais próximos já seguiam meu gesto, botando o dinheiro diretamente no saco. Foi assim o dia inteiro. Quando ele terminava num ponto, prometia voltar no dia seguinte. Lá pelas três ou quatro da tarde, chegamos de volta ao 301. A tarefa agora era contar o dinheiro. Terminamos. Eu estava chocado. Eram R$740,00. Há muito tempo eu não via tanto dinheiro. Olhei para o meu fantasiador. Ele sorria.

Arfa — Viu? Não disse? Não foi fácil?

Eu	— Nem sei o que dizer.
Arfa	— A nossa amizade será imbatível. E que arauto deu o senhor! Eu sabia. Tinha certeza.
Eu	— (encabulado) Agora vamos comer. Onde estão as coisas que você comprou ontem?
Arfa	— Nada disso. Hoje vamos comer como reis. Quer tomar banho primeiro ou vou eu? (Não respondi nada, boquiaberto que estava com o resultado financeiro de parte de um dia fantasiando.) Tá bem, vou primeiro.

Pegou um embrulho que eu não tinha visto antes (provavelmente trouxera ontem junto com a pizza), e com dois passos entrou no banheirinho. E eu entrei nos meus pensamentos (e que pensamentos!). Caramba, era muito dinheiro! Multipliquei por vinte: podíamos fazer fácil R$14.000,00 por mês. Era muita grana. O Arfa era incrível mesmo. É, tinha que tratar o meu amigo muito bem. O chuveiro jorrava. O barulho da água me lembrou o remédio, aliás, a última pílula. Voltando ao chuveiro: era a única coisa que funcionava bem no meu cubículo. Olhei para a mesinha. A dinheirama estava toda lá. O chuveiro jorrava no corpanzil do Arfa. Comecei a arrumar o dinheiro, separei aqueles R$740,00 em notas. Até estranhei: no bolo não existiam moedas e até encontrei duas notas de cinquenta. Muitas de vinte, só superadas pelas de dez e cinco. Menor não. Nada de moedas. Poxa, que plateia chique a do Arfa. Tava tudo ali. O chuveiro parou. Comecei a me preparar para o meu banho. Fui ao meu pequeno armário. Tinha ali umas roupas velhas, limpas e ainda em bom estado. Separei uma calça, uma camisa, essas coisas, enfim. Os sapatos seriam os mesmos. Não tinha outro par. A porta do banheirinho se abriu. Saiu o Arfa. Impecavelmente vestido. Até gravata estava usando. Levei o maior susto. Nas mãos dele um embrulho. Estendeu para mim. Peguei.

Eu	— (apontando para ele) Gravata, Arfa? O que eu vou fazer? Não tenho nenhuma.
Arfa	— Claro que tem. Abra o embrulho. Comprei pro senhor.
Eu	— Mas como?
Arfa	— Disse ou não disse que ainda tinha dinheiro?
Eu	— (apontando para ele todo arrumado) Mas para tudo isso?
Arfa	— O senhor ainda não abriu o seu embrulho. Acho que tudo vai caber no senhor.

Abri, então. Tinha tudo: um terno, camisa social, gravata, um par de meias, cuecas e até um par de sapatos. Fiquei pasmo com a generosidade do Arfa. Não sabia o que dizer. Olhei para ele. Meus olhos estavam úmidos. Pensava. As palavras não saíam. Teimavam por ficar na minha garganta, presas, sufocadas e me sufocando.

Arfa	— Deixa disso, seu Jorge. Estou com fome. Vamos jantar. Vai tomar seu banho.

Entrei no banheirinho. Peguei meu aparelho de barba. Passei um resto de sabonete no rosto e fiz a barba. Entrei no chuveiro com o sabonete da barba. Tomei a ducha como há muito não tomava. Imediatamente comecei a me sentir bem. Que delícia aquela água. Como fazia bem. Como meu corpo reagiu bem. Senti-me outro. Acho que usei a mesma toalha que o

Arfa (acho, não; só tinha uma mesmo). Enxuto, comecei a me vestir. Trouxera o embrulho comigo. Vesti-me e olhei para o espelho pequeno e rachado que me levou a viver todas essas experiências dos últimos dias e que, não sei como, trouxe-me de volta ao seu reflexo. É, estava elegante mesmo. Nem parecia o Jorge que o espelho refletiu na última vez que nos vimos. Satisfeito comigo mesmo, saí do banheiro. O Arfa aplaudiu.

Arfa — O senhor está ótimo. Vamos logo, estou doido pra comer. Já peguei nosso dinheiro. Tá no meu bolso. Tem um lugar na Cinelândia que eu gosto muito. Vamos lá, tá?

Eu — Claro. O que você quiser. Dê-me um minuto.

Fui até a cômoda. Dando as costas ao Arfa, peguei meu velho e amigo revólver. Aliás, dentro de mim nunca entendi a minha obsessão por aquela velha arma. Coloquei-a no bolso. Virei-me para o Arfa.

Arfa — Agora vamos. Animação, seu Jorge! Vamos comemorar!

Saímos. Já na rua, fomos para Cinelândia. Não deu outra: o lugar escolhido pelo Arfa foi o Amarelinho. Na época que tinha dinheiro e podia me dar o luxo de comer fora, eu gostava de ir lá também. Antes mesmo de sentarmos, o meu amigo Arfa esticou a mão para o garçom que nos atendeu e passou-lhe duas notas de dez.

Arfa — Isso aí é pra você. Agora traz duas tulipas e dois cardápios. (para mim) Senta, seu Jorge. O chope já vai chegar.

O garçom, encantado com o gesto do meu companheiro, chispou. Enquanto nos acomodávamos, o garçom voltou com o ordenado. Colocou as tulipas na nossa frente. Claro, antes a do Arfa. Depois foi minha vez. Com o cardápio, foi a mesma coisa, o do Arfa primeiro. O garçom, atenciosíssimo com ele. Eu era só cenário. O meu amigo anunciou que depois de escolher o chamaria. A naturalidade do meu colossal companheiro me surpreendeu. Não tinha nada a ver com aquele que me fez o torniquete ou o que caiu da cama. Nem o menino que vira o pai matar a mãe e depois se matar. Na enfermaria, ele era humilde e temia. Aqui, o Arfa estava em casa. Seu porte impressionava. Sua elegância se impunha e lhe colocava na cabeça uma espécie de aura, trazendo respeito aonde ele ia. A simpatia que emanava fazia dele um astro humano em torno do qual orbitavam os outros. Eu, cada vez mais admirador dele, olhava e gostaria naquele momento de gritar: "Sou amigo dele, olhem todos, estou sentado com ele." Pensava, mas claro que não dizia. Na minha frente o Arfa fingia ler o menu.

Arfa — Escolhe pra mim, seu Jorge. O senhor sabe o meu problema de ler, né? Só uma coisa: eu gosto de peixe, tá?

Falou baixo, não perdeu a pose, mas foi humilde comigo. Senti-me até um pouco melhor. Deixei de ser só paisagem.

Eu — Claro. Peixe... peixe... tá aqui. Vou pedir para nós badejo à *belle meunière*. Tá bom para você?

Arfa — O peixe está bom. Mas, puxa, seu Jorge, estamos ou não estamos comemorando? Pode deixar que eu peço. O senhor gosta de bacalhau, não gosta?

Eu — Gosto muito.

Arfa — Então está decidido. (Fez um elegante sinal para o nosso garçom que veio quase correndo.) Amigo, traz uma dúzia de bolinhos de bacalhau, mais duas tulipas e avise ao chefe que depois vamos comer dois badejos à *belle meunière*. E fala pra ele caprichar que também vai ter gorjeta pra ele.

Falou como se tivesse lido e escolhido, e eu fosse um seu mero convidado. Falou até com o meu sotaque. Que imbecil era eu. Tinha me esquecido que o meu amigo decorava tudo. Sabia como se comportar o Arfa. Além disso, sabia como encantar as pessoas. Ficamos nós dois lá sorvendo das tulipas geladas, esperando pelos bolinhos de bacalhau. Antes mesmo de terminarmos a primeira, o garçom chegou com outra rodada de chope. O Arfa, sem ter terminado a primeira tulipa, pegou a sua segunda. Eu o acompanhei mesmo sem ter terminado a minha também.

Arfa — (elogiando o garçom e explicando a devolução da tulipa ainda por terminar) Você fez bem. Já estava quente mesmo.

Sorriso do garçom. Outra vez jogamos conversa fora. Mas aí o Arfa interrompeu e começou a me expor seus planos para o dia seguinte. Percorreríamos o mesmo trajeto. Só que começaríamos mais cedo e terminaríamos mais tarde. Claro, lá para uma hora da tarde a gente comeria. Chegaram os bolinhos. Com eles, o garçom trouxera também azeite, molho de pimenta, pratos e talheres. Desejou bom apetite e se foi. O Arfa, com aquela sua fineza inesperada, usando seu garfo, serviu-me dois bolinhos, pegou o azeite e colocou a lata do meu lado, insistindo que eu o usasse. Serviu-se também. Tudo com uma elegância que só vendo. Logo terminamos os bolinhos e chegaram mais tulipas. O garçom se esmerava mesmo. Pouco depois de terminarmos os bolinhos e após um mover de dedos do meu amigo, chegaram os badejos. Estavam ótimos, tudo perfeito. Terminamos. Pedimos sobremesa. Não, o Arfa pediu dois pudins. Depois, dois cafezinhos e a conta. Ao pagar, deu uma bela gorjeta para o garçom e mandou por ele uma nota de vinte para o chefe. Não sem lembrar de recomendar que fosse entregue a quem de direito. O garçom, na sua incontida felicidade, garantiu que assim seria feito. Fomos embora. O garçom só faltou transformar-se em tapete vermelho para o Arfa passar. Vagarosamente fomos para casa gozando o ar morno da noite. Logo ali, no outro lado da rua, as cotias dormiam ou, quem sabe, amavam. Chegamos. Subimos. Lá dentro do 301, enquanto o Arfa ia ao banheiro, recoloquei meu velho amigo na gaveta. Quando meu companheiro chegou, eu e ele sentimos o efeito das cinco tulipas que cada um tomara. Nem falamos muito. Preparamo-nos e cada um caiu na sua cama. Eu na minha, ele no sofá. Amanhã começaríamos cedo. Dormimos. Quando acordei, lembrei-me do pesadelo. Era de fato um pesadelo comigo mesmo. Eu corria com duas sacolas de papelão cheias de dinheiro. A toda velocidade, vinha atrás de mim, sem rosto, um colossal PM fardado. Não gostei nada! Só mesmo em pesadelo eu trairia o Arfa! Imaginei que o PM fosse ele. Claro que era pesadelo: eu estava me lembrando de tudo dele. O Arfa abriu a porta, trazia o café da manhã. Abriu tudo em cima da mesinha. Dois copos de papelão, cheios de café com leite fumegante, uma bisnaga, presunto (imagine eu comendo presunto!), manteiga. Comemos e, logo depois, saímos para trabalhar. Conforme o combinado, além do caminho ser o mesmo, mesmos eram os pontos em que pararíamos para ele fantasiar. O sucesso foi o mesmo do dia anterior. Tudo quase igual. A diferença foi que começamos mais cedo e terminamos mais tarde. As colaborações entravam com a mesma rapidez. Só que dessa vez iam diretamente para a primeira sacola de papelão, mais adiante, a segunda. Um improviso em prol da praticidade. Os bolsos foram esquecidos. O dinheiro não parava de entrar. Muito. Paramos para almoçar. Já eram duas da tarde. Eu, satisfeito comigo mesmo: estava me saindo melhor que a encomenda como arauto. Quando chegamos na lanchonete, o Arfa me aconselhou:

Arfa — Seu Jorge, não podemos dar mole, não. Acho melhor o senhor ir lá no banheiro contar essa dinheirama, arrumá-la e botar tudo nos bolsos. Aí vamos comer. Tá bom pro senhor? Ou acha que devemos fazer diferente?

Mesmo preocupado com a missão, concordei.

Eu — Para mim está bom.
Arfa — Então vamos. Eu faço a segurança.
Eu — Por que você não disse logo? Assim fica mais fácil.
Arfa — Então vamos logo!

Entramos na lanchonete. Ah, me esqueci de dizer: a roupa para fantasiar era a mesma de ontem. Aquela com a qual saíramos do hospital, muito mais humilde que a elegante do jantar da véspera. Fui direto para o banheiro. O Arfa me seguiu, entrou no banheiro também. Parou na frente da porta da cabine na qual entrara e que trancara. Não podia haver segurança melhor. Ninguém passaria por aquele meu imenso protetor. Sentei-me na privada, cuja tampa tive o cuidado de fechar antes de me imbuir no espírito de contador. Comecei a contar a grana. Tudo nota também, nenhuma moeda. A freguesia do Arfa era realmente especial. Mais notas de cinquenta, mais das de vinte e por aí vai. Finalmente, até aquela hora, já tínhamos recebido um total de R$1.100,00 e alguns trocados. Deus meu, era o melhor negócio do mundo aquilo de fantasiar. Botei tudo arrumado nos bolsos e saí. Lá estava ele: o fantasiador e agora meu imenso segurança. Senti-me bem: dinheiro no bolso e um segurança para garantir. Ótimo. Genial. Fomos para o balcão da lanchonete. Sentamos. Pedimos. Eu caí de boca no prato do dia que pedira. Naquele dia, terça-feira, era rabada com polenta e agrião. Sempre adorei rabada. Nem me lembro o que o meu amigo pediu. Comi tudo e rápido junto com um guaraná. Nada de álcool, ainda tínhamos que trabalhar. O Arfa também comeu rápido. Ele fez questão de pagar. Topei, apesar dos bolsos cheios. Ele me advertiu que isso de tirar um montão de dinheiro do bolso para pagar uma continha de nada era um perigo. Alimentados, saímos. Fomos para um outro ponto. Nada mudou: emoções, risos, lágrimas e muito dinheiro. É, o Arfa era um total sucesso. No final do nosso dia de fantasias fomos para casa (chamar o 301 de casa, reconheço, era uma melhoria no meu ânimo). Estávamos cansados, mas chegamos lá. Entramos no cubículo. Novamente, a melhor tarefa para mim: eu contava o dinheiro. Tirei o que tinha no bolso, um total de R$1.125,00. Aí começamos a contar o que faturamos na parte da tarde. O total foi de R$690,00. O total geral foi de R$1.715,00. Isso só naquele dia. Não sei por quê, veio à minha cabeça o sonho daquela noite. Melhor dizendo: pesadelo. A minha correria com duas sacolas prenhes de dinheiro e aquele colossal PM sem rosto correndo atrás de mim. É melhor deixar isso para lá. O bom do pesadelo é que, quando você acorda, imediatamente vê que nada de mal aconteceu. Mas o que eu estranhava era a memória sobre o pesadelo ser recorrente, mesmo quando eu estava consciente. Isso sim é que me incomodava. Arfa me olhava. Estava tranquilo e feliz. Olhei para ele. Sorri amarelo. Acho que ele não notou o meu desconforto. Afinal, era frescura minha. Era só um sonho ruim. Deixei para lá. Eu era um amigo fiel do Arfa! Ele só fora gentil comigo. Devia muito a ele. Jamais o trairia! Fui ao banheiro. Lá numa velha caixa de sabonete eu ainda tinha algum dinheiro. Peguei tudo que tinha lá. Rapidamente contei: eram uns R$70,00 e algumas moedas. Pensei comigo: já que é tudo, levo tudo.

Eu	— Onde vamos jantar hoje?
Arfa	— Não sei, não. A rabada que comemos hoje me encheu a barriga. (Ah, ele também comera rabada.) Além disso, tou cansado.
Eu	— Mas você não vai comer nada?
Arfa	— Ainda tem aí pão dormido, presunto e manteiga. Na geladeirinha também tem cerveja de ontem. Prefiro descansar. Se o senhor quiser comer, vá. Fico aqui pra descansar e, quem sabe, dormir cedo.
Eu	— Então, tá, Arfa. Vou dar uma volta e comer alguma coisa. Vou deixar o dinheiro aí com você. Não quero andar na rua com este dinheirão todo.
Arfa	— Mas o senhor tem que levar algum dinheiro. Senão como vai comer? Pega algum dinheiro aí e, se eu posso sugerir, vá num lugar desses novos aí da Lapa. É perto e são alegres. (Anuí.) Vá com Deus.
Eu	— Tá bem, Arfa. Vou pegar. Obrigado. Boa noite.
Arfa	— O dinheiro é nosso, seu Jorge. Não tem que agradecer nada.

Sem saber exatamente quanto tinha pego, saí. Ainda no corredor do prédio, contei o dinheiro. Puxa, tinha pegado R$300,00. Entrei na rua. Pela primeira vez só, em dois dias. Até que era bom. Senti-me livre. Lembrei que não pegara o meu revólver. Bem, nunca fazia nada com ele mesmo. Nem em frente ao espelho usei. Passei pelas cotias que àquela hora deveriam estar namorando, quem saberia dizer? Eram sete da noite. Só eu não namorava. Aliás, não sabia o que era namorar há muito tempo. Mas antes nem me alimentar eu conseguia. Como poderia pensar em namorar? Agora eu estava até comendo muito. Tiro e queda: já estava pensando em sexo. Acho que aquele pensador de não sei quando estava errado. Não é o dinheiro que é a raiz de todos os males, não. É o sexo. O sexo não é só a raiz, não. É raiz, mais o tronco, caule, galhos etc. Fui andando devagar, saboreava os passos, nem o joelho doía. Caminhava devagar. Estava feliz. Ainda nem escurecera direito. Dava para reconhecer a vizinhança. Afinal, desde que me separara há anos, morava no 301. Reconheci a calçada do meu pesadelo. Maldita calçada. Por que logo agora? Por que esta reincidência fora de qualquer propósito? Minha consciência não queria nada disso. Será que meu inconsciente estava querendo? Tenho certeza que não. Pelo menos, acho que não. Não queria, não. Cheguei a abanar a cabeça para afastar aqueles patéticos pensamentos. Fui ajudado por uma mulher, uma morena que vinha no sentido contrário ao meu. Olhei com interesse para ela. Foi tudo, não fazia meu tipo. Mas serviu para desviar meus pensamentos ruins. Serviu para que esquecesse as sacolas cheias de dinheiro e o PM atrás de mim. Fui em direção à Lapa. Agora o bairro tinha carro bacana à beça. Vários grupos daqueles formados por gente bonita. Muita gente. Muitos garçons entrando nos bares e restaurantes e voltando com suas bandejas cheias. O movimento era realmente grande. Olhei. Atravessei a rua em direção ao que me parecia uma multidão. Eu, o solitário, contra os adversos à minha condição.

Ia devagar. Olhei. Estudei. Pronto! Lá vem de novo o vulto do meu delírio hospitalar. Só que resolvo encarar. Não podia ser! Olho bem. Dei um beliscão no rosto. É, estava acordado, sadio. Nem tinha bebido ou sido anestesiado. Continuei olhando fixo aquele perfil tão conhecido. Perto do perfil e seu grupo, tinha uma mesa vazia. Resolvi, ousado, ocupar aquela mesa. Sentei. Veio o garçom. Pedi um filé com fritas e uma tulipa. A tulipa veio logo. Não ousei olhar para o perfil. Fiquei lá ouvindo a música ao vivo que o restaurante oferecia. Mas nem estava ali por causa do som. Coloquei-me em exposição para o perfil. Queria ser reconhecido e perceber a reação dele. Nem olhava para lá. Chegou a comida: o filé com fritas. O garçom viera passando pela mesa que me interessava. Fui servido. Comecei a comer. Pensei no dia que tive com o grande Arfa. Muito dinheiro.

Vanessa	— (pensando) Hoje está bem chato. Também, o grupo é sempre o mesmo. Não tem novidade nenhuma para se começar uma conversa. O Flávio até que está tentando animar a turma, mas com as mesmas caras à mesa fica muito difícil mesmo. Vamos ver o cardápio daqui. Será que pelo menos ele traz alguma novidade? (olha o menu, logo o fecha e o pousa no colo. Começa a olhar em volta, olha a clientela do restaurante) Todo mundo aqui tem quase a mesma cara, veste-se do mesmíssimo jeito, até come parecido. Nossa, que coisa aborrecida! (continua a girar mais a cabeça. Diz para si:) Ih! Meu Deus, olha quem está ali! O Jorge, coitado, como está magro e pálido. Comendo

assim sozinho. Dá até pena da solidão dele, coitado. Será que ele falaria comigo? E se eu for lá? Será que ele me desculpou? Também tenho que reconhecer que fui terrível com ele. É, mas o que eu vou fazer? Sou assim mesmo. Mas foi um absurdo o que fiz com ele. E ao mesmo tempo o amava, e como. Não dá para explicar o que fiz. Acho que vou até lá na mesa dele. Mas será que devo? Como será a atitude dele comigo se eu for lá? Vamos, para com isso, Vanessa. Para com isso de ter medo. Vai logo. Ele foi sempre gentil. Não vai morder nem nada. (vira-se para seu grupo, pede licença e sai. Vai na direção de Jorge, que aparentemente ainda não a vira)

Pronto. Do canto esquerdo do meu ângulo visual percebi a dona do perfil se levantar. Veio até mim. Chegou perto. Fiz que nem era comigo. Continuei a cortar o filé.

Vanessa	— Oi, Jorge.
Eu	— (olhando para o perfil) Vanessa, que surpresa! (Levantei-me.) Como você está?
Vanessa	— (alegre) Viva! E você?
Eu	— Sobrevivendo. Quer se sentar?
Vanessa	— Claro. Não vejo você há tanto tempo...

Enquanto ela sentava, sentei-me também.

Eu	— E a sua companhia? (apontando com a cabeça a mesa do lado) Não vai se importar?
Vanessa	— É só um grupo de amigos. Estou com um grupo, nada demais. Ah, Jorge! Você e esse seu ciúme. Deixa eu olhar você. (olha) Jorge, como você está magro. Tá doente? Ou é impressão minha?
Eu	— Impressão. Estou até muito bem.
Vanessa	— Desculpe-me, mas não parece, não. Até pálido você está. Vestido assim, assim... Está parecendo outro homem.
Eu	— Estou mais velho. Só. Sabe, Vanessa, a solidão é uma companhia que às vezes incomoda. Você a junta com a idade, aí é que machuca mesmo.
Vanessa	— Jorge, o filósofo. Que velho que nada. Você ainda é um homem muito aproveitável. Muito mesmo. Só precisa de um banho de loja. Um tratamento completo e juro que você ficaria irresistível como sempre foi.
Eu	— Deixa disso, Vanessa. Sou o que sou e pronto! Além disso, nunca fui irresistível. Pelo menos para você. Senão estaríamos casados até hoje.
Vanessa	— Jorge, não começa. Será que não podemos ser só amigos, ou melhor, bons amigos? Não precisamos nem casar. Só sermos amigos. Talvez você ainda não saiba, mas amigo hoje em dia é uma palavra com muita amplitude. Tem muitos significados. Vale

	muito, vale muito mesmo. Essa coisa de casamento, a ideia, só ela em si, já é totalmente ultrapassada. Você precisa se inteirar das coisas modernas, Jorge.
Eu	— E você continua linda, Vanessa. (sorriu segura de si) Cada vez mais. É quase uma maldição. Mas sabe, Vanessa, estou feliz assim mesmo. Sou arcaico, aliás, um troglodita das remotas eras e de ontem mesmo também, reconheço. Mas ainda hoje só acredito no amor. Claro, posso e até acredito mesmo estar errado. Mas para mim, sem amor nem vale viver. Nós dois sabemos, amei você quase à paralise. Enquanto isso, você valorizava o moderno, as amizades. (Estava me zangando.) As diversas camas de motéis. Eram tantos os amantes. Isso eu nunca consegui entender.
Vanessa	— Jorge, não machuca. Assim você machuca. Isso dói. Você nunca me entendeu. Nunca quis compreender. Mas não precisa agredir. Não vai adiantar nada. Vim à sua mesa oferecer minha amizade, meu carinho. Se você não quiser, basta dizer. Não me importo. Vou embora.
Eu	— (Pensei e disse:) Sua amizade não quero, não! Quero você, só você e para mim sozinho. Só assim salvo você e a mim também. Nem por você, Vanessa, serei só mais um outro amigo

seu. Sou homem, sabe? Sou homem e sabe o que mais, não me importo com você nem um pouco. Vai! Vai para os teus amigos. Quero jantar!

Vanessa não se moveu. Ficou estática. Seu rosto estava, sob a luz daquele restaurante ao ar livre, entre rubro e pálido ou algo entre os dois. Uma coisa eu garanto: estava surpresa. Não esperava nada daquilo. Não esperava uma reação daquelas. Aliás, acho que estava esperando ser aceita. Ao contrário de todas as outras vezes que discutimos, ficou muda. Olhava-me. Estudava. Quase humilde, quase uma cadelinha abanando o rabo. Continuava me olhando nos olhos. Parecia vidrada. Imóvel, continuava a me olhar. Estava, talvez, esperando que eu dissesse algo mais. Mas eu não dizia nada, comia. Enquanto, imaginava eu, o Arfa dormia. Lentamente, eu levantava o garfo. Aproveitava cada pedaço do filé. Cada batata.

Vanessa	— (pensando) Que Jorge diferente. O que é que há com ele? Sempre foi carinhoso comigo. Agora quer vir por cima. Está querendo mandar. Não, isso a gente vai ver. Nunca pude imaginar uma coisa assim. Ele sempre se degelou quando eu aparecia. Agora resolveu achar que pode desafiar no nosso relacionamento? No que sobrou dele? Vamos ver.
Vanessa	— (agora falando com ele) Jorge, vou dispensar meus amigos. Você me leva para sua casa? Fico lá até quando você quiser.

A minha resposta demorou. Isso pareceu excitá-la. Seu rabo imaginado por mim batia e batia forte. Seus quadris se moviam discretamente. Minha resposta não vinha. Coloquei mais uma batata na boca, até que notei: estava fria. Cruzei os talheres. Recostei-me na cadeira. Ela esperava a resposta.

Vanessa	— (insistindo, excitada e impaciente) O que você me diz? Você sabe que eu nunca me abri assim para ninguém.
Eu	— Pelo contrário, senão não daria para entender a quantidade de outros que você teve.
Vanessa	— Não foi bem assim, não. Você sabe que não.
Eu	— Não sei de nada. Descobri que amava você, só a você, minha mulher. E você tinha amantes. Não um, mas vários. Era de uma diversidade inacreditável.
Vanessa	— Mas o pedido que fiz agora, esta noite, foi no fundo um pedido de desculpas. Formal e profundo como você merece.
Eu	— Mereço? O que eu não merecia, Vanessa, foi a desgraça a que você me condenou. Tudo que eu sofri e até hoje sofro, por tudo o que você me causou.
Vanessa	— (prática) Jorge, me livro ou não me livro dos meus amigos? Você aceita ou não meu pedido de desculpas?
Eu	— Não posso. Estou hospedando um amigo que chegou hoje para ficar comigo. Não tinha para onde ir, está lá

	em casa agora. Provavelmente dormindo. Vai ficar por alguns dias.
Vanessa	— Então vamos para minha casa. Onde está seu carro?
Eu	— Vendi. Estou para comprar outro.
Vanessa	— Então vamos de táxi. (Cada vez mais ela demonstrava excitação.) Vamos lá para minha casa de táxi. Estou morando em Ipanema.
Eu	— Fazer o quê em Ipanema? Não vou para sua casa, não. Não quero nada com você! Vai com os seus amigos. (Fiz um sinal ao garçom pedindo a conta.) Tenho trabalho amanhã cedo. Tenho que ir para minha casa agora. Vai! Vai para as suas amplitudes.
Vanessa	— (quase chorando) Você não pode fazer isso comigo.
Eu	— Fazer o que com você? Não quero e não posso. Se você preferir, posso e quero. Mas vamos fazer uma coisa: se você quiser, não faço questão nenhuma; escreve seu telefone num papel ou guardanapo ou sei lá o quê e deixa em cima da mesa. Se algum dia eu tiver a fim, ligo.

Sem o rabo imaginado por mim abanando, ela se foi para a mesa dos amigos. Nem olhei. Nunca me senti tão macho. Estava pagando a conta quando ela voltou à minha mesa e pousou um guardanapo de papel com o nome dela escrito, dois telefones e seus lábios com batom vermelho impressos nele. Não olhei para ela, nem peguei logo o guardanapo. Ela se foi. Não disse nada. Fungava um choro tímido. Delícia para o meu ego. Conta paga, deixei a gorjeta e discretamente peguei aquele papel. Fui embora diretamente para o cubículo onde provavelmente o Arfa roncava. O dia amanhã seria longo, mas eu teria no meu bolso, pulsantes, os lábios vermelhos dela, etéreos e eternos, marcando o guardanapo. Que lábios! Recordo-me até agora, redivivo, o sabor daqueles lábios portadores de cada beijo que trocamos. Abri a porta, o ronco do Arfa ribombava pelas paredes, panelas e não sei quantas coisas mais. Sendo o 301 um cubículo, era ensurdecedor. O que fazer? Não tinha jeito. Cheguei perto dele, toquei seu ombro mexendo um pouco. Chamei o Arfa com todo o cuidado. Com toda a delicadeza, acordei o meu amigo. Pedi a ele para virar de lado pois estava roncando muito. Virou. Puxa, que alívio. O 301 parecia ter voltado a seus alicerces. Pude dormir.

Nem o encontro com a Vanessa me tirou o sono. Dormi logo. Acordei horas depois. Nem sonhos bons nem pesadelos. Noite tranquila. Acordei. Na mesinha, um café da manhã mais completo ainda. O Arfa já estava vestido e comendo. Olhava para mim.

Arfa	— Que sono, seu Jorge! Temos que ir trabalhar, esqueceu?
Eu	— Estava cansado e não percebi a hora. Dormi feito um anjo. (Apontei para a mesinha.) Nem quero. Hoje vou só de café.

Bebi enquanto o Arfa ainda comia. Terminei. Fui me vestir (nosso vestiário era o banheirinho). Escovei os dentes. Penteei-me. Já saí vestido de arauto do fantasiador. Fomos embora. O dia já começara. O Arfa, maior que eu, andava mais rápido. Atrás, eu levava comigo, dobradas, as sacolas de papel grosso. Começamos a nossa peregrinação para fantasiar e coletar. Mas, devo confessar, o Arfa não parava de me surpreender e às diferentes plateias, fossem quais fossem, de gentis senhoras a PMs. E suas emoções iam dos risos às lágrimas. O Arfa deu uma meia trava e pediu a minha aproximação. Cheguei até ele.

Arfa	— Hoje vamos fazer outro caminho. Senão marcam a gente e as sacolas.
Eu	— Bem-pensado. Vamos fazer isso sim.
Arfa	— E mais: vamos encurtar nossas paradas a cada ponto e fazer mais pontos. O senhor concorda?
Eu	— Plenamente. Acho perfeito.

Concordei, é claro. Continuamos. Chegamos a um ponto novo. Mas, como o sentimento geral do ser humano não muda nada em lugar algum, o novo ponto não era diferente de todos os outros. Dei a minha de arauto. A reação das pessoas ao Arfa foi igual às das outras vezes. Rapidamente, as sacolas foram se enchendo. Logo no primeiro ponto, ele emocionou a plateia. Acho até que muitos nem entendiam todas as palavras, mas contaminados pela emoção geral, emocionavam-se também. Juro, eu também me envolvia direto.

Arfa	— *Lá fora, ainda titubeante, pusilânime,* *o sol tentava penetrar,* *por entre a névoa branca,* *as verdes folhas da grande árvore.* *Dentro, na cozinha vazia, a claridade chegara,* *anunciando o dia que iluminara a noite.* *Os azulejos decorados, antes brancos,* *por respingos de sangue permaneciam* *atentos, acordados, curiosos.*

*Horas antes, vítreas presenças
testemunharam,
entre gritos, dor e frio, amor, ciúme e ódio,
a faca que espetara, como um dedo acuador,
aquele coração que palpitava acalentado,
acalentado de amor.
As horas passaram.
Os azulejos, de alvos a decorados,
Ficaram como débeis marcas,
lembranças digitais,
do amor que fora estancado.*

Com essa fantasia, extasiei. Tinha que pensar muito nela. Queria compreendê-la por inteiro. Queria interpretá-la só para mim. Entender seu significado. O que queria dizer? O sujeito da fantasia do Arfa eram os azulejos, claro. O que significava tudo aquilo? Não sei mesmo. Teria que falar com ele. Acho que, sem isso, jamais compreenderia aquela fantasia. Enquanto a turma se emocionava, chorava e aplaudia, eu aplaudia também. O dinheiro das colaborações chovia nas sacolas de papel grosso. Enchiam as sacolas. Elas pareciam engravidar de riqueza. Ele fantasiou ainda uma ou duas outras criações e fomos embora. Não sem antes irmos ao banheiro. Eu, contador, contava; ele, segurança, tomava conta do meu trabalho. Depois, comemos. Nem me lembro o que comi. Estava ainda chocado com a contagem do dinheiro lá no banheiro. Dessa vez tinha até uma nota de R$100,00. Loucura, pura insensatez de alguém. Ou, quem sabe, de um homicida flagrado por brancos azulejos? Continuamos. Uma tarde igual a todas as outras. Terminamos. Voltamos para casa. Lá, terminamos de contar o dinheiro. Somamos a manhã e a tarde de fantasias. Caramba, estouramos os limites. Dessa vez tinha até moeda. Um pedinte emocionado, imaginei. Mas o que interessava mesmo era o total: estonteantes R$2.000,00 reais e uns trocados, incluindo a tal moeda. Eu estava tonto com essa coisa de poesia de rua (ou melhor, com a fantasia, como diria o Arfa). Impressionava também a gravidez das sacolas de papel grosso. Ah, ainda tinha o gigantesco PM sem rosto que me perseguia. Tinha que parar de pensar nisso. No que me tocava ou a minha consciência queria, não existiam nem as sacolas de dinheiro nem o PM sem rosto me perseguindo. Era tudo lembrança de um pesadelo e esta, sim, me perseguia. Esqueci de falar com o Arfa:

> Eu — Sabe da última?
> Arfa — Tem última?
> Eu — Aconteceu-me ontem de noite quando saí sozinho para comer. Imagine só. Encontrei a Vanessa, minha ex-mulher. Ali na Lapa. Reconheceu-me. Veio falar comigo, a vagabunda, a miserável. (Falando nela, fui ficando zangado.) Mandou-me até um bilhete pelo garçom depois que falamos. Pensa bem, Arfa: como se eu não tivesse sentimentos, dignidade. Como se eu não lembrasse de tudo que ela fez comigo. Queria que eu saísse com ela e tudo. Teria até largado os amigos para gente sair juntos.

O Arfa me ouvia em silêncio e com atenção.

> Arfa — O senhor saiu?
> Eu — Claro que não!
> Arfa — Então, por que a zanga? O senhor não quis sair e não saiu. Não devia ficar zangado, né?

Meu revólver era velho

Eu	— É, talvez você tenha razão. Não devia mesmo. (Tentei me acalmar, mas já me exibindo.) Quer ver o bilhete? Tá aqui mesmo, no bolso do paletó.
Arfa	— Seu Jorge, o senhor já esqueceu? Não sei ler.
Eu	— Este pode sim. (pegando o guardanapo) Só tem o nome dela e os telefones. Olha só.
Arfa	— (Olha o guardanapo e depois para mim.) E os lábios com batom também. Até quando o senhor vai guardar o guardanapo? Não vai usar os telefones dela?
Eu	— Claro que não!
Arfa	— Por quê?
Eu	— Depois de tudo que ela fez comigo? As traições e tudo?
Arfa	— Isso foi no passado. O senhor agora tem os lábios vermelhos nesse papel que vai guardar para sempre e olhar todos os dias. É ou não é?
Eu	— Não sei nada disso. Só estou com este papel porque estou.
Arfa	— Tá bem. (decidido) Então vamos "enchicar". Botar as nossas roupas elegantes. Vamos jantar!
Eu	— Onde vamos?
Arfa	— Jantar, ora essa.
Eu	— Tá bem. Hoje eu tomo banho primeiro, tá?

Deixei o bilhete em cima da mesinha. Nunca iria usá-lo mesmo.

Arfa — Claro, seu Jorge. Vai em frente. Posso esperar.

Tomei meu banho. A água estava maravilhosa. Enrosquei-me nas gotas que caíam. Gastei um bocado delas. Ah, esqueci de dizer que antes de voltarmos tínhamos comprado duas toalhas de banho felpudas e coloridas. Ensaboei-me. Enxaguei-me. "Enchiquei." Saí. Enquanto saía do banheiro, o Arfa entrava vindo da rua. Perguntei o que tinha acontecido. O Arfa me disse que nada de mais, para não me preocupar. Entrou no banheiro. Demorou bem menos do que eu. Antes que ele saísse, por mero automatismo, peguei na gaveta da cômoda o meu velho amigo. Coloquei-o no bolso do paletó. Pouco depois do banho dele e já chiques, saímos. Na rua me informou que queria ir à Lapa, ouvir música ao vivo e comer; ele nunca tinha ido lá. Concordei. Passamos pela calçada em que o PM sem rosto me perseguia. Nem sacolas prenhes de dinheiro nem o PM sem rosto apareceram. Éramos só eu e o Arfa. Ele queria ir ao restaurante que eu fora ontem. Vai ver que gostou da descrição que fiz do ambiente, pensei eu. Errado! Depois de sentarmos, como sempre, esticou duas notas de dez, conquistou o garçom e foi logo pedindo as tulipas de sempre. O garçom era o mesmo que me servira ontem. Até me cumprimentou. Os chopes chegaram como num passe de mágica. O garçom trouxe também os cardápios. O Arfa sem alteração na voz disse que não estava com pressa. Queríamos gozar a noite, afirmou. Mas assim mesmo pediu os indefectíveis doze bolinhos de bacalhau e informou que a comida seria pedida mais tarde. Queríamos beber primeiro e ouvir um pouco de música. E ainda ordenou para que os copos jamais ficassem vazios. Relaxamos. A música era boa. O restaurante, apesar de muitos fregueses chegando, ainda estava meio vazio. Com tantos lugares, acabamos ficando na mesma mesa que fiquei na véspera. Senti incômodo, mas a alegria do meu companheiro me fez relaxar. Ainda assim, achei estranho isso de me sentar na mesma mesa, do mesmo lugar, um dia depois.

Eu — E aí, tá gostando?
Arfa — Maravilha. Nunca estive num lugar como este. Muito bom. Adoro música, seu Jorge. Mas nunca tive a oportunidade de ouvir música com um amigo como o senhor. Vai ser muito melhor. Eles tocam de tudo aqui?
Eu — De tudo. O pessoal daqui toca muito bem. E também tocam o que você preferir. É só você pedir.
Arfa — É verdade? O que eu quiser?

Não cheguei a responder. Chegava mais um grupo de fregueses. Pensei comigo: logo o restaurante vai ferver. Estava pensando no sucesso da casa quando vi quem eu não esperava: a Vanessa com o mesmo grupo de ontem. Virei ao máximo a minha cadeira, dando as costas para ela.

Arfa — O que foi, seu Jorge? O senhor ficou mais branco do que já é.
Eu — Deixa para lá, Arfa. Não foi nada.
Arfa — Seu Jorge, como é que eu vou deixar pra lá uma coisa que pode incomodar tanto o senhor?

Olhou fixo para mim. O olhar dele queimava. Fiquei sem graça. Ele riu. Sabia tudo o Arfa.

Eu — Deixa para lá. Não foi nada.

Arfa	— Foi a Batom, não foi? Ela chegou, não chegou? Onde ela está, seu Jorge? Quero ver.
Eu	— Batom? Que história é essa de batom? Vamos esquecer tudo isso Arfa. (Chamei nosso garçom.) Vou pedir uma música que gosto muito, tá? (irônico) Você me permite, Arfa?
Arfa	— Claro, seu Jorge. Mas vou avisando: o senhor não vai escapar, não.
Eu	— (ao garçom) Pede à turma para tocar "Chão de estrelas", tá bem? (Lá foi ele cuidar da tarefa.) Acho que você vai gostar muito dessa.
Arfa	— Mas a Batom tá aí, não tá? Foi ela que fez o senhor ficar mais branco do que o senhor já é, não foi? (Parou por um momento.) Claro que foi. O senhor não me engana, não. Já conheço o senhor muito bem, seu Jorge.
Eu	— (mais ríspido do que nunca com ele) Vamos parar com essa coisa de batom, tá? Isso já está me enchendo o saco! (Será que além da questão da memória, o Arfa era também um adivinho? Ou psíquico? Ou sei lá o quê?)

O conjunto suavemente iniciou a música que pedi. Uma maravilha. Realmente tocava bem a rapaziada. Capricharam mesmo. Ia perguntar a opinião do Arfa quando um vulto se aproximou de repente. Olhei. Era ela, a Vanessa.

Vanessa	— É para mim, Jorge? A nossa música, a música do nosso amor?

Não é que fui traído pelo meu gosto musical? O que iria responder? O que fazer? Não sabia mesmo. Mas tinha que fazer algo. Fiz. Levantei-me, até fechando o paletó. O Arfa me imitou até no detalhe do paletó.

Eu	— Oi, Vanessa. (Nem demonstrei muito interesse, nem nada.) Como você está?
Vanessa	— Desde ontem só pensei em você. (Disse, abaixando a voz para que ninguém ouvisse.) Posso me sentar?
Eu	— (sentindo a curiosidade do Arfa) Claro. Sente-se. (Sentei-me e o Arfa também.) Você vem aqui todo dia?
Vanessa	— Claro que não. Só vim porque achei que você viria hoje também. Esperei o dia inteiro que você me telefonasse. Por que você não ligou?
Arfa	— Ele trabalhou o dia inteiro. Nós juntos trabalhamos muito. Todos os dias.
Eu	— Que é isso, Arfa? Não precisa responder por mim. Eu posso fazer isso.
Arfa	— Claro, patrão. Me desculpe. (humilde)
Vanessa	— Não vai me apresentar ao seu assistente, Jorge?
Eu	— (pra ela) Ele não é meu empregado, é meu amigo! O nome dele é Celso. (Apresentei-a ao Arfa.) Esse é o Celso. Celso, essa é a Vanessa. Já fomos casados.
Vanessa	— (esticando a mão para o Arfa) Vivemos um grande amor!

Eu	— Não me sacaneia, Vanessa.
Arfa	— Acredito, dona Vanessa. Ele sempre fala da senhora.
Vanessa	— Fala, é?
Eu	— Tá maluco, Celso? O que deu em você? Que merda!
Vanessa	— Não fala assim com seu amigo, não, Jorge.
Eu	— Será que todo mundo está maluco? O que está havendo aqui? O que vocês estão fazendo comigo? (Agora estava furioso.) O que vocês querem de mim? Que eu fique maluco?
Vanessa	— Não. (olhando para o Arfa) Só mais sensato.
Arfa	— Mais sensato, só.
Eu	— Arfa, você pirou? Que é que está dizendo? Que porra é essa? Você nem a conhece. Nem sabe o que é ser sensato.
Arfa	— Claro que sei!
Vanessa	— Sabe, sim, e eu sei tudo de vocês. Cada detalhe da enfermaria. Isso de vocês serem irmãos de sangue. Estarem morando juntos.

Levantei. Estava possesso com tudo aquilo. Eu tinha que tomar outra chuveirada. O que estava acontecendo? Tinha que acordar. Perceber que este pesadelo nada mais era, ou melhor, fora que apenas um pesadelo. Nada disso estava acontecendo de verdade. Lembrei que sempre acreditei que o bom do pesadelo é que quando se acordava se descobria que nada tinha acontecido. Mas Vanessa estava ali — e como era linda, elegante, perfumada. O perfume era o mesmo de sempre, o do meu tempo. Olhava para mim e sorria com aqueles dentes brancos que Deus lhe deu. Ao lado, o Arfa sorria também e também com aquele tipo de dentes. Perto deles me sentia um desdentado e, apesar disso, com muitas cáries. Abafado com a minha situação, sentei-me. "Desenchiquei" geral. Abri o paletó. Desabotoei o colarinho. Alarguei a gravata. Olhei para os dois. O mais improvável casal que eu poderia imaginar. Chamei o garçom. Pedi um *steinhäger* e um chope. Sentei.

Eu — Vocês vão me dizer o que está acontecendo? Ou vou ter que adivinhar?

Entreolharam-se. Ninguém respondeu coisa nenhuma. O garçom chegou. Trouxe minhas bebidas. Virei o *steinhäger* num gole só e em seguida virei o chope todo. Aí, então, olhei para eles, que me encaravam mais curiosos que chocados com os meus gestos. Até sorriam. Enquanto esperava uma resposta para tudo aquilo que me revirava a cabeça e mexia com as minhas entranhas, ordenei com gestos mais *steinhäger* e chope ao nosso garçom. Ordenei e fiquei lá olhando para o casal. Estranhamente ansioso, esperava respostas.

Eu — Estou esperando. Respostas, gente, respostas.

Arfa — Tá bem, seu Jorge. Vamos lá. Na enfermaria, aquele dia que o senhor delirava, a Batom, ou melhor, dona Vanessa, e uma amiga foram visitar o senhor. Eu estava lá vendo o senhor sofrer, delirar. Ela ficou um tempo lá enquanto o senhor gemia. Antes de ir, me notou interessado no senhor e me deu um papel com os telefones dela. Me pediu que dissesse pro senhor ligar tão logo ficasse melhor. Aí foi embora. Garanti a ela, mas com essa confusão toda me esqueci. Ontem, quando o senhor saiu sozinho, me lembrei. Aproveitei, desci e liguei pra ela. Aí, imagina o senhor, o telefone dela guardou de memória o meu recado. Avisei que ligaria logo que pudesse. Hoje, enquanto o senhor tomava banho, desci e deixei outro recado. Disse que viríamos aqui hoje. Eu juro, seu Jorge, só ontem vi o bilhete com o batom, foi quando o senhor me mostrou. Tudo aconteceu porque tinha que acontecer.

Vanessa — Foi assim mesmo, Jorge. O Arfa, como você o chama, percebeu que eu queria mesmo ver você. Aí, quando pôde me ligou e me informou onde vocês estariam hoje. Nem acreditei: o mesmo lugar de ontem. Aqui estou eu. (agora sussurrando) Doida para ser sua outra vez, Jorge. Aliás, deixei isso claro, ontem. Não deixei?

Pedi mais de beber ao garçom. Estava ficando bêbado, mas ao mesmo tempo, vendo tudo mais claro. Muita coincidência. Tudo muito bem-explicado demais. Algo estava mudando, inclusive a minha percepção sobre o Arfa. Mas o que estava errado? Nada era assim tão perfeito. O garçom chegou. Mandei levar de volta o que pedira. O Arfa, porém, disse ao garçom para deixar na mesa que ele beberia. O Arfa ofereceu à Vanessa qualquer coisa para beber. Ela aceitou.

Estavam se dando mesmo bem os dois, bem demais. Do meu olhar mortiço e cabeça rodopiante, não acreditava em nada daquilo que me estavam dizendo. Queria mas não cria. Tinha que fazer algo, dizer qualquer coisa. O aperitivo dela chegou. Brindaram entre eles.

Eu	— (irritado, num fôlego só) Com quem você veio, Vanessa? Quem é o garanhão da noite? Para quem você vai dar hoje? Qual amiguinho? Que motel? A trepada vai ser na casa dele ou na sua?
Vanessa	— Que é isso, Jorge? Onde é que você está com a cabeça? (começa a chorar)
Arfa	— Seu Jorge, o senhor não deve falar assim!
Eu	— Cala a boca, Arfa! Porra! Cala a boca.
Arfa	— Seu Jorge, o senhor não é disso. O senhor é bom. Por que está agindo assim? Isso não se faz. Nem acredito que o senhor esteja dizendo essas coisas.

Estava me preparando para responder ao Arfa quando percebi um movimento na mesa de onde eu vira a Vanessa chegar. Alguém se levantou. Um homem se dirigiu até a nós. Veio diretamente falar com ela, encontrou-a chorando. Imediatamente o reconheci: era o Colgate. Mais duas fileiras de dentes perfeitas naquela mesa, e logo de quem? Ele, o meu inimigo não declarado. Só declarado e reconhecido como amante dela e desprezado por mim. Entre tantos outros, ele mais que todos. Dele não gostava nada. Como já disse, o desprezava, ou seja, por conhecê-lo e ter ciúme, escondia-me na sombra do desprezo. Ele ainda teve o azar de ser um amante dela conhecido enquanto éramos casados. Dos outros eu sabia, mas não conhecia suas caras. Era melhor para mim e para eles também. Principalmente por não terem rosto. Ele viu que ela estava chorando. Levantei-me. Partiu para cima de mim e calado me empurrou. Caí de encontro a uma árvore, bêbado que estava. Do chão, apesar da iluminação do restaurante e da rua, vi de repente tudo escurecer. Não desmaiei, não. O escuro aconteceu porque o Arfa se levantou. Deu dois passos gigantescos e uma imensa bofetada no Colgate. O Flávio caiu feio, caiu ao meu lado. Naquele exato instante Vanessa se ergueu. Tinha engolido o choro. Correu para mim. Não entendi nada.

Vanessa — Jorge, Jorge, você está bem? Você se machucou?

Ao lado, junto a mim, gemia o Colgate. Puxa, que vingança boa. Outra vez o Arfa ficou do meu lado. Minha bebedeira se fora. Pelo menos, não sentia mais seus efeitos. Comecei a me levantar. Os amigos do meu agressor vieram, eram três. O Arfa se virou para eles. Diante do meu imenso amigo, pararam. Não eram páreo para ele. O Colgate gemia e gemendo começou a se levantar. Vanessa, ao meu lado, espanava com a mão o meu paletó, tentando limpá-lo de alguma sujeira que, reconheço, nem percebia.

Vanessa — Flávio, você ficou maluco? Este é o Jorge, o meu marido. Que loucura deu em você?
Colgate — (manso, preocupado com o Arfa ali perto) Você estava chorando.
Vanessa — Será que você nunca viu uma mulher chorar? Nunca assistiu a briga de

	marido e mulher? Acho melhor você ir embora.
Arfa	— Eu acho também! (emendou grosso e barítono)

Caramba, todo mundo do meu lado. As pessoas brigando por mim. Do Arfa não foi a primeira ajuda. Mas da Vanessa eu não esperava isso, não. Ainda mais depois da conversa que tivemos ontem, quando ela defendeu aquela coisa de amplitude da palavra "amigo", que eu devia me modernizar, entender; afinal, compreendê-la. Toda aquela coisa que disse e terminou em um bilhete com seus telefones e lábios gravados. Hoje! O que eu disse hoje para ela não deveria ter dito. Mas eu estava com raiva e também com um sofrer dentro de mim. Um gaguejo interno e temente: o velho ciúme. Mas por que eu estaria com ciúme? Ela nem minha mulher era mais. Queria ser, mas não era. Passou pela minha mente a hipótese, a estúpida e remota possibilidade de que eu também poderia querer isso. Queria ela de novo como minha mulher. Mas aí já era loucura demais. De novo? Ia acabar procurando pelo espelho outra vez. Mas na cama era um ser feliz no Paraíso, desde que com ela. Nem pensar, não queria pensar nessa possibilidade. De jeito algum eu quereria a Vanessa como minha mulher outra vez. Mas, peraí, por que não? O Arfa mesmo disse, ou não disse, que tudo era passado e como tal não existia mais. Eu acho que acreditei nisso. Tem mais: se ele não tivesse dito, pior para ele. Eu diria. Gritei dentro de mim mesmo e só para mim, é claro. Ninguém ouviu. Dane-se o passado! Eu queria estar com ele, pertencer a ele — quero dizer, ao passado.

Desfeita a cena da briga, sentamos à mesa de novo. Vanessa perto de mim. Juntinha. Agarrava no meu braço. Com força, mas carinhosa também. Nem sem graça eu estava. Achei que conquistara aquela condição de ser amado. Não sei o porquê, mas que achei, achei. O Arfa se voltou para nós, ainda conferindo a partida do grupo amigo da Vanessa, agora encantada comigo. Devo reconhecer: quanto mais firme eu era, mais carinhosa ela se tornava. O Arfa agia como se nada tivesse acontecido.

Vanessa	— (pensando calada) Tenho que me decidir. Que Jorge era esse, tão fechado assim? Tão resistente, mas, ao mesmo tempo, tornando-se tão irresistível. Sempre gostei dele. Cometi vários erros, muitos, aliás, mas sempre gostei do Jorge. É, vou ficar por aqui.
Arfa	— Vamos jantar agora? Estou morrendo de fome.

O garçom veio logo a um gesto dele. Solícito e agora demonstrando tanto respeito que parecia medo. Atendeu ao Arfa. Trouxe três cardápios.

Arfa	— A senhora gosta de peixe, dona Vanessa?
Ela	— Até prefiro.
Arfa	— O senhor eu sei que gosta, seu Jorge. (ao garçom) Vamos querer três badejos à *belle meunière*. Vocês têm, não têm? Então manda o cuca caprichar que vou deixar a dele também.
Eu	— Não estou com muita fome, não, Arfa.
Arfa	— Mas o senhor tem que comer. Amanhã temos trabalho.
Vanessa	— Não sei disso, não. A partir deste exato momento ele é meu. Não vai ter condições de trabalhar amanhã.

Meu revólver era velho

Eu	— Calma, Vanessa. Não disse nada disso. Não sei se quero.
Vanessa	— Claro que quer. Senão eu quero por nós dois.
Arfa	— Mas assim não vai dar certo, dona Vanessa.
Eu	— Claro que não.
Vanessa	— Então o que você vai querer fazer, gatinho?
Eu	— Agora eu vou comer. De repente me deu fome. Eu e o Arfa pedimos peixe.
Vanessa	— Ele pediu para mim também.

Vanessa estava inteiramente encostada em mim. Não parava de se esfregar. Parecia mais uma gata no cio que uma mulher procurando carinho. É, era realmente uma gata e pelo que eu me lembre sempre no cio. O garçom chega. Começa a nos servir. Primeiro as senhoras e, claro, logo em seguida o Arfa. É, o Arfa era bacana comigo, mesmo após as minhas dúvidas mais recentes. Mas, para todo mundo, minha vida não tinha mudado nada. Eu fui e seria para todos, para todo o sempre, o último. Não é à toa que eu preferia a solidão. Como era só, era o único e, como tal, sempre o primeiro. Finalmente fui servido. Afastei com delicadeza da Vanessa que, apesar de já servida, ainda ronronava ao meu lado. Comemos. O Arfa, tudo. Vanessa beliscou. Eu até que comi direito, não tudo, não como o Arfa, mas fiquei bem. Terminei até a sobremesa. Percebi que o restaurante esvaziava. A questão se colocaria: o que fazer com a Vanessa. Os seus amigos já tinham ido. Ela ficou ali conosco. Confiara na gente. E agora? Essa haveria de ser a questão. Vamos aguardar.

Arfa	— Acho melhor a gente pensar em ir andando. Eles já estão fechando. Vou lá pagar a conta e dar a gorjeta do cuca. A comida estava muito boa. Vocês não acharam também?

Concordamos com ele. Levantou-se e foi direto para a casa onde ficava o restaurante propriamente dito. Eu e ela, depois de tanto tempo, sozinhos. Eu aqui e ela quase aqui também, estava praticamente em cima de mim. Não dissemos nada. Apesar da proximidade física, estávamos de certa maneira encabulados, ou pelo menos eu. Há alguns anos que não nos encontrávamos. Falar o quê? Sobre que coisa? Que específicos? Não consegui puxar nenhum assunto.

Eu	— (apontando para mesa do lado) Seus amigos já foram. Como é que você vai embora?
Vanessa	— Antes de mais nada, Jorge, eu fiz um sinal para eles irem. Jorge, bobinho, claro que você vai me levar.
Eu	— Mas eu disse ontem: vendi o carro. E ainda não recebi o novo.
Vanessa	— E daí? Você me leva de táxi. Nem é muito longe. Relaxa, Jorginho. Vai dar tudo certo. Quando o seu amigo voltar a gente se despede e vamos logo ali naquele ponto de táxi e pronto.

Continuou a perorar. Cheguei a pensar em dizer que estava duro. Todo o dinheiro que possuía estava no bolso do Arfa. Só a metade do que ele tinha no bolso. A outra metade era do Arfa mesmo. Mas não ousei. Como é que a Vanessa entenderia essa parceria, essa sociedade que eu tinha com ele?

Nunca! Sem dinheiro, nem táxi eu podia pegar. Mas uma coisa eu disse enfaticamente: tinha que trabalhar amanhã e não podia levá-la, não. Principalmente com as ideias que ela tinha na cabeça.

Vanessa	— Que ideias, Jorge?
Eu	— Você sabe muito bem. (vendo o Arfa chegar) Depois a gente fala.
Vanessa	— (sussurrando) Eu não posso ir sozinha, Jorge.

O Arfa chega. Pega sua cadeira e senta.

Arfa	— Tudo certo, podemos ir embora. Ah! seu Jorge, esqueci de lhe pagar aquele dinheiro que o senhor me emprestou.

Quase estraguei tudo, o gesto dele, afirmando não ter emprestado nada. Calei-me a tempo. Ele tira do bolso um maço de notas. Visto pelos meus olhos, me pareceu que ali tinha um dinheirão. Esticou a mão para mim com o dinheiro. Relutante, peguei. Não sem antes dizer que não tinha pressa etc., etc.

Arfa	— Então vamos. Temos que trabalhar amanhã, o senhor não se lembra?
Eu	— Peraí, Arfa. Não é assim. Primeiro temos que levar a Vanessa na casa dela lá em Ipanema.
Arfa	— Como *temos*? Ela é *sua* mulher. Quem tem que levar é o senhor. Além do quê, estou muito cansado pelo dia de hoje.
Vanessa	— Viu? Não disse? Cabe a você e só a você me levar.

Eu	— Arfa, primeiro, é minha *ex*-mulher. Segundo, trabalhei tanto quanto você, portanto estou tão cansado quanto. Terceiro...
Vanessa	— (pensando em silêncio) Espera um pouco. O que estão fazendo comigo? Afinal de contas não sou nenhuma carga. Eu estou aqui. Se querem falar sobre mim, falem comigo.
Vanessa	— (agora falando) Vocês estão, por acaso, falando desta carga aqui? (aponta para si mesma e quase chorando) Porque se vocês me consideram uma carga, Jorge...
Eu	— (interrompendo e quase com pena) Não se trata disso. Claro que você não é uma carga.
Arfa	— Como é que uma belezura como a senhora pode ser uma carga, dona Vanessa?
Vanessa	— Do jeito que o Jorge falava, parecia.
Arfa	— Seu Jorge, eu acho que é o senhor mesmo que tem que levar a dona Vanessa. No mínimo isso.

Senti-me perdido. Estava totalmente perdido. Agora tinha que encarar os fatos: a armadilha da Vanessa para ficar comigo fora muito bem-engendrada e eu caí nela inteiramente. Que atriz ela era; melhor ainda, sempre fora. Se eu não prestasse atenção, se não me cuidasse, voltaria a viver um dantesco e imenso inferno. Uma das almas atormentadas, talvez, quem sabe, a favorita de todos os sofrimentos. O alvo maior deles e para eles. Pensava e sofria por antecipação.

Eu	— (me levantando decidido e falando ao Arfa) Aqui estão as chaves lá de casa. Vou ter que acordá-lo quando chegar.
Arfa	— Pode deixar. Quando o senhor voltar, abro a porta. O senhor sabe como meu sono é leve. Então já vou indo. Boa noite, dona Vanessa. Divirta-se.

Choquei. Surtei. O que significava aquele "divirta-se, dona Vanessa"? Será que aprontaram alguma coisa? Quando? Desde que conheci o Arfa, ele tem estado sempre comigo. Ou não? Olhei para ela: sorria aquele tipo de sorriso que poderia significar qualquer coisa ou tudo ao mesmo tempo. Eu devia me cuidar. Tinha mesmo que ficar de guarda, ser o sentinela da minha própria pessoa. O Arfa que conhecia se afastava, seu novo e anormal modo de ser é que estava aparecendo para mim. Pensaria depois sobre esse novo Arfa. Tinha que voltar a esse novo problema. Estiquei minha mão para a Vanessa, ainda sentada. Ela me estendeu a sua e languidamente se ergueu. Sempre segurando a minha mão, íamos para o ponto de táxi. Sentia-me melhor. Com aquele dinheiro todo no meu bolso, sentia-me um outro homem. Seguro, mesmo na presença dela. Aliás, o velho Arfa tinha sido genial com aquela história de empréstimo e tudo. Era estranho, o Arfa: como mudava suas atitudes de uma hora para outra. Fez-me sentir, mesmo que calado, grandiloquente. Deu até para encarar a Vanessa, que aproveitava nosso caminhar até o ponto de táxi para coçar carinhosamente a palma da minha mão. Era estranhamente gostoso. Até me excitava e aí me lembrei que ao contrário do dia do espelho, eu estava me alimentando bem à beça. Essa energia extra já se manifestava como reação ao carinho da mão desta minha maravilhosa ex-mulher. A reação ao carinho até me dificultava os passos. Também, eu não via ou sentia uma mulher há mais de seis meses. O que se poderia esperar? Tomamos o táxi. Ela deu o endereço em Ipanema. Partimos. Imediatamente, ela juntou sua coxa na minha e suas mãos pegaram meu rosto. Deu-me um sugado e grande beijo de língua. Não vou dizer que não gostei, mas tentei manter a pose.

Vanessa	— Está vendo, Jorge? Sou eu ainda. Não vai adiantar nada reagir ou fingir que não existo. Não vou desistir, não. Você será da Vanessinha outra vez. Vou comer você todinho.
Eu	— O que é isso, Vanessa? Olha o chofer. O que ele vai dizer da gente?
Vanessa	— Nada. Ele já está habituado a esses arroubos de uma mulher apaixonada.
Eu	— Mas eu não. Há mais de seis meses não sei o que é mulher.
Vanessa	— Oba, que bom. Isso quer dizer que quase, quase eu vou deflorar você, não é?
Eu	— Nem pense nisso. Só vim trazer você até a sua casa. Em seguida, vou embora no mesmo táxi.
Vanessa	— Claro! (pensando) Sobre isso, nós vamos ver. Você vai ser meu de novo e dessa vez não vou deixar você escapar.

Ela concordou; segundos depois, porém, pousou sua mão na parte superior do meu joelho. Era a mesma Vanessa, sabia como virar a cabeça de um homem — pelo menos a minha. Após o suave pousar da mão, Vanessa começou a mexê-la. Subia com ela pela minha coxa acima, acariciando. Nem pretendi resistir. Estava até gostando. O que fazer? Mas uma coisa eu tinha certeza: não entraria na casa dela. Enquanto pensava nisso ela atingia seu alvo. Pior, ele estava mais que pronto, o alvo. Quase diria que sua firmeza me causava dor. Mas o prazer ao toque dela era bem maior. Que toque que nada! Ela agora o estava segurando mesmo. E com firmeza. Por cima da calça.

Vanessa	— Jorge, o "êlinho" está tão duro que até dá a impressão de ser a primeira vez para você.
Eu	— Vanessa, garanto que não vai acontecer nada entre nós. (Disse isso com prazer na voz.) Só estou levando você até sua casa. Nem vou subir. É você descer e eu continuar no táxi para voltar. Amanhã tenho trabalho, sabe?
Vanessa	— (Enquanto falava, ela encostava seus lábios no meu pescoço.) Claro que sei. O Celso já falou.

Só agora me lembrei vagamente do Arfa e de todo o resto que passei desde minha procura pela torta. Até da enfermaria e da Lia. O táxi chegou a Ipanema. Nem sei como ela conseguiu, mas deu o endereço exato. Enquanto isso, no banco de trás do automóvel, o clima esquentava. Ela estava ficando doidinha. Suas pernas enredavam as minhas. Só faltava subir em mim. Pelo meu lado, juro que tentava resistir. Vanessa já chamava o êlinho de varão. Comecei a perceber que o motorista estava entreolhando sempre que podia e quando não, até me parecia ver seu ouvido espichar. Realmente, o meu êlinho (como ela dizia) estava inchado, imenso e firme. Ainda assim ela não parava. Antes do táxi chegar ao endereço dela, Vanessa conseguiu o que queria: levou-me ao prazer molhado e total, o primeiro depois de quase um ano sem nada que me despertasse para o sexo. Fazer sexo, quando se está deprimido, parece brincadeira de Santa Inquisição onde o único torturado é você. Sujei-me todo. Minha calça chique ficou toda cremosa. Vanessa olhava nos meus olhos. No fundo deles.

Vanessa	— (com voz rouca de mulher excitada) Puxa, Jorge, como o êlinho molhou tudo. Olha que minha mão estava por cima da tua calça e mesmo assim está toda molhada. Posso até imaginar como você está aí dentro. Sabe, Jorge, você vai ter que subir, sim. Pelo menos para eu dar um jeito na sua calça. Você não pode ir pela rua assim, não.
Eu	— Você é terrível, Vanessa. Eu devia mesmo era ter parado este táxi e saltado. Isto não podia ter acontecido.
Ela	— É, Jorge, mas aconteceu. Não vi o êlinho reclamar. Você, fora estar todo molhado, tem alguma coisa a criticar?
Eu	— Não, Vanessa. Não se trata disso. Nesse quesito você sempre foi a melhor mesmo. Disso, eu nunca reclamei. Principalmente quando pensava que você fosse só minha. Só fui embora mesmo quando descobri que você se entregava a todos. Para mim foi o fim. E, querida Vanessa, você além de não ter sido só minha, você era de todo mundo. Mas você tem razão, não posso ir para a rua assim. Vou ter que subir.
Vanessa	— (falando consigo mesma) Eu sabia. Bastava um empurrãozinho só.

Meu revólver era velho

O Jorge sempre foi assim mesmo. Exatamente como um bom carro velho. Com um empurrãozinho, ele pega. E, Vanessa, você é melhor que um empurrãozinho.

Ela não dizia nada. Em nenhum momento reclamou sequer do que eu estava dizendo. O táxi parou. Ela confirmou o endereço. Paguei a corrida a um chofer com uma cara meio excitada e meio curiosa. Estava claro que ele tinha entreolhado alguma coisa e ouvido tudo. Saí, ela veio atrás. Logo me passou e tocou a campainha. Segundos depois, apareceu o porteiro, que, com todo o respeito, abriu a porta para ela. Nem parecia noturno aquele porteiro. Tinha um rosto diuturno. Pelo menos garanto: dormindo ele não estava. Entramos. Ela me levou para um elevador. Subimos. Ela, eu diria, estava radiante e me olhava como se estudasse minhas feições. Dava a impressão de uma caçadora olhando para o animal recém-morto e imaginando a brasa do churrasco. É, a Vanessa estava feliz. Chegamos ao seu andar. Ela achou as chaves dentro daquela nebulosa incógnita que é uma bolsa de mulher. Eu estava todo pegajoso entre as pernas, baixa barriga e outras partes. Era constrangedor, mas como a culpada fora ela, sobrevivi à minha imagem refletida no espelho que ela tinha na sala. Olhei o ambiente: o apartamento era elegante, alegre e feminino. Não condizia em nada com a minha pegajosa aparência cintura abaixo.

Vanessa — (sem cerimônia) Vamos, Jorge, dê-me as calças para eu limpá-las.

Fiquei embaraçado. Estávamos separados há quatro ou cinco anos. O que acontecera no táxi foi num ambiente escuro e em movimento. Além disso, sofrera um ataque da parte dela. Se agora eu tirasse as minhas calças, o que me garantia que eu sairia dali inteiro? Nem aceitaria garantias vindas dela.

Vanessa — Não vai me dizer que você está com vergonha de mim? Quero dizer, fomos casados. Fizemos de tudo, lembra-se? Éramos terríveis. Animais. A gente se amava em qualquer lugar não importava qual. Éramos dois corpos em busca do sexo sempre, a toda hora, de todo o tipo. Você ainda se lembra como eu gostava? Sabe, Jorge, essa foi a fraqueza da minha vida. Até hoje é. Adoro fazer sexo, mas com você sempre foi diferente. Mais gostoso. Sei lá, diferente, tinha sabor. Até me lembro que chamava o seu leite de "chocolate meu".

Ela pensava que eu não sabia, mas sabia, sim. Queria me seduzir. Muitas vezes antes, eu já passara por esse tipo de lavagem sexo-cerebral. Ela era perita nisso. Mas dessa vez não ia ser assim, não. O pior é que eu me sentia inteiramente pegajoso. Algo realmente tinha que ser feito em relação às minhas calças e à parte baixa do meu corpo. Que situação!

Vanessa — E aí, Jorge? O que vai ser? Não vai se limpar? Não quer que eu limpe as suas calças? Eu não mordo.

Eu — E quem é que me garante que você não morde? Você? Tudo bem. Eu devo acreditar? Você não acha que já mentiu demais para mim? Porque agora seria diferente?

Vanessa	— O que eu teria a ganhar? Você está aqui, não está? Isso é tudo que eu queria.
Eu	— Então vai ser assim: (pretendendo ser decidido) vou ao seu banheiro, de trás da porta passo as calças para você lavar. Aproveito para tomar um banho que meu corpo está tão pegajoso quanto a calça.
Vanessa	—Imagino. (pensando) Hoje não tem jeito. Hoje não há como você escapar. Será hoje ou não me chamo Vanessa. Vou lavar suas calças e então será meu. Que camisola coloco? Já sei! Vai ser aquela que ele nunca viu.

Fui para o banheiro. Fechei a porta. Era um banheiro de bom gosto e muito feminino. Era "Vanessa" inteirinho, até os espelhos eram muitos e todos com o toque dela. Tirei o paletó chique e dependurei lá dentro mesmo (o peso do meu amigo até fazia o paletó pender para o lado). As calças passei para ela pelo vão da porta — era mais uma fresta que um vão. Ela pegou. Tentei trancar a porta. Não tinha chave. Chato, pensei. Mas nem ela, mesmo sendo a dona da casa, invadiria assim o banheiro. Tirei a camisa. Só na ponta estava suja. Levei para pia e lavei como pude. Com a cueca não deu para isso, não. Ela, eu tive que deixar de molho na pia. Entrei na ducha, botei no morno e tomei um banho daqueles. Usei o sabonete dela.

Fechei a água e vi a porta aberta. Melhor, escancarada. No seu umbral, estava a Vanessa usando uma camisola transparente estampada de tigresa (ou onça, sei lá). Dentro da camisola, ela só e nua. Esperava-me. Aguardava, com seus cabelos louros coroando o rosto belíssimo e com todo estereótipo de mulher sedenta de sexo. O corpo era perfeito, irretocável. Estava descalça: sabia que eu amava seus pés. Até eu me impressionei. Já a conhecia, mas mesmo assim sua arrumada nudez me chocou. Ainda mais eu que não tinha uma mulher há tanto tempo.

Vanessa	— Puxa, Jorge, como você demorou. (Brincava comigo.) Como estou?
Eu	— O que você quer que eu diga? (Olhava para ela.) Não me interessa. (Buscava uma toalha.)
Vanessa	— (pensando) Não interessa, né? Isso nós vamos ver.
Vanessa	— (abaixando o olhar) Não é que o êlinho está se interessando?

Olhei para ele. Inteiramente ereto, firme, largo. Acho até que encabulei. Eu me senti como um menino pego pela própria mãe fazendo sacanagem. Voltei a olhar para ela. Já estava frente a frente comigo. Quase colada. Sempre fora rápida, hoje mais do que nunca. Pedi uma toalha.

Vanessa	— Para quê? Sempre gostei de você assim mesmo: nu e molhado. Enxugar para quê? É só perda de tempo. Você não acha? (tocando o êlinho)

Senti o toque e, num frêmito fatal, olhei para ela já perdido. Toda a minha vontade negativa se esvaíra. Vanessa pegou a minha mão e me dirigiu, isso mesmo, me guiava como se eu fosse um cachorrinho. Conduziu-me para sua cama. Segui brando aquele bando de dois: ela e o êlinho puxavam o bloco.

Eu figurava, para não ter que dizer que era um mero espectador. Fui. Cheguei ao lado da cama sem uma toalha sequer no corpo: nu. Ela imediatamente me imitou. Largou a camisola no chão. Nua, suavemente, deitou-se na cama abrindo os braços para mim. Eu, já livre de qualquer tipo de resistência, mergulhei nela. Quero dizer, na cama ao lado dela. Vanessa virou-se para mim e antes que se encostasse, fui logo sendo envolvido pelo seu perfume. Mas tive aquela última impressão, aquela que fica, que ela se banhara, quero dizer, passara o perfume no corpo todo. Foi nesse instante que seus lábios se alimentaram dos meus. Naquele momento, o meu adormecido desejo veio à tona, mergulhado que estava nas memórias que agora não valiam mais nada. Começamos então uma daquelas sessões de sexo que eu só experimentara com ela e só ela seria capaz de me dar. Seus lábios destacaram-se dos meus e começaram a descer pelo meu corpo. Fazia com perfeição como todo o resto que fazia sexualmente. Como ela conseguia isso? Juro, não sei. Será que existia um curso de sexo só para mulheres? Não, claro que não. Acho que era um dom. Acho que nasceu com ela, uma *expertise*, quem sabe. Eu estava tenso e excitado. Ela beijava meu corpo e o seu girava. Girava enquanto sua língua e lábios desciam. Finalmente, após uma longa e angustiosa espera ou talvez breve e gostoso lapso de tempo, sua língua e lábios atingiram o que queriam. Lá, entre minhas pernas, ereto e preparado, seus lábios encontraram, afinal, o objeto da sua peregrinação pelo meu corpo. Enquanto isso o giro do seu corpo parou. Um joelho após minha cabeça, o outro antes. Sobre o meu rosto, rubra e sugosa, parara sua gruta. Eu estava louco. Da forma que seus lábios e boca engoliram o ereto emblema da minha masculinidade eu, erguendo um pouco a cabeça, mergulhei minha língua e boca na fenda feminina aberta em cima do meu rosto. Boca mergulhada, os meus braços firmaram suas coxas contra mim. Como eu, ela estava presa também. Presos aos nossos prazeres carnais eu delirava, ela gemia. Os ruídos que fazíamos aumentaram. Os movimentos de nossos quadris aceleravam. Cada vez mais rápidos, estávamos quase prontos, querendo os dois a explosão final. Eu, apesar de cuidar que minha língua não se deslocasse do ponto mais sensível daquela abertura, cada vez mais molhada, sentia a sua girando, me trazendo lá do fundo o prazer em fragmentos. Estávamos juntos naquela busca, agora frenética, do gozo final. Vinha. Estava chegando. Veio atordoando e atordoante. Minha cabeça girou, quase me perdi. Ela continuava. Ele vinha todo. Lá das minhas entranhas jorrei. Ela não parou. Parecia sugar a minha alma. Minha alma fluía enquanto ela sugava. Foi longo o prazer. Então, o da Vanessa veio também. Gemia forte e ainda sugava. Eu terminei o meu. Minha mão tocou seu ombro, empurrava levemente seu corpo. Sentia um início de dor no alvo usado por ela para me dar prazer. Com carinho, tirou a boca de mim. Gemia alto, como se a incomodasse e preferisse gemer, engoliu o que sugara. Gemeu então mais alto. Dizia coisas ininteligíveis. Repetia para que eu não parasse. A minha língua quase não aguentava mais. Até que seus movimentos diminuíram o ritmo. Gritou. Terminou. Girou com cuidado, um após o outro, seus joelhos, e caiu ao meu lado. Eram dois corpos esvaziados de si mesmos. Sua cabeça juntou-se aos meus pés, enquanto os seus, à minha. Estávamos mortos. Entramos, assim como sempre que gozáramos juntos, em total letargia. Respirávamos acelerados. Suados, cheirávamos a sexo. Suados visitamos a paz. Ela era calma e triunfal ao mesmo tempo. Completa e tudo.

Descansamos. Após algum tempo, sinto sua mão tocar no meu joelho. Vagarosamente acariciava o joelho e o início da minha coxa.

Vanessa	— Que saudade, Jorge. Que saudade eu estava de você. Como você me entende na cama. Ninguém consegue isso. Você sabe, melhor do que

ninguém, que nesse momento tudo se resume em compreensão e doação dos dois que buscam o prazer. Isso ainda é melhor quando há amor entre o casal.

Quando ela disse aquilo quase levei um susto. Quase me irritei com a insistência dela. Lembrei-me do espelho, da torta, do Arfa, das fantasias. O que ela queria dizer de novo com isso de amor? Já tinha deixado claro: não tinha amor entre nós, só passado.

Eu	— O que é que você quer dizer com isso?
Vanessa	— O nosso amor, Jorge. Eu estava louca de saudade. Queria tanto você. Quanta necessidade tenho de você.
Eu	— Mas o que fizemos foi só sexo, e ainda por cima fortuito. Você me trouxe aqui. Seduziu-me. Fez o que quis comigo. Gozou, e agora depois de tudo isso, e só por isso, você acha que existe amor entre nós? Desculpe, mas além de tudo, isso é cinismo puro. Será que você não se lembra de nada que houve entre nós?
Vanessa	— É tudo passado, Jorge. Não me lembro de nada. Além disso, hoje em dia só saio com amigos. A única coisa que quero é ter você para mim. Para sermos um só novamente.
Eu	— (já sentado na cama como um Buda) É isso o que você quer? Só? Eu não conto? O que você acha que eu

	quero? Diz, Vanessa! O quê? O que eu pretendo da vida?
Vanessa	— E o nosso amor, Jorge? O que vamos fazer dele?
Eu	— Que amor, Vanessa? Já disse mais de uma vez que não existe amor entre nós. Nós estamos separados já há bastante tempo e exatamente porque você não me amava, não é? E agora você me fala do nosso amor? Onde estava o nosso amor enquanto você me traía com todo mundo?
Vanessa	— Isso era outra coisa, não tinha nada a ver com o meu amor por você, Jorge. Eu sei que você me amava. Do meu lado, eu sempre te amei. As coisas que aconteceram ficaram pra trás, tudo ficou no passado. Nem me lembro mais dessas pessoas. Nem sei quem são.
Eu	— É mesmo? O que você estava fazendo com o Flávio lá no restaurante?
Vanessa	— Fui me encontrar com você lá. Eu quis o encontro, está lembrado? O Celso me disse onde vocês estariam. Eu não podia sair àquela hora da noite sozinha, então pedi ao Flávio para me levar lá.
Eu	— Mas o Flávio tinha rosto, não tinha? Você me disse que não se lembrava dessas pessoas, não disse? Mas do Flávio, sim?
Vanessa	Antes de você sair lá de casa, eu falei tudo, contei tudo o que havia feito, inclusive com o Flávio. Confessei

Eu	tudo. Até os detalhes. Lembro-me também de ter dito que com o Flávio foi uma vez só. — Só? Uma vez só e até hoje o Flávio, com rosto e tudo, sai com você. É isso, não é? Ele é só um amigo com *amplitude*. Não é assim que você diz?

Mesmo tendo tomado a posição de Buda, eu nem de longe tinha a paciência divina dele. Estava irritado. Ela sentou na cama também de uma forma mais casual. Sua nudez voltou a me chocar como sempre acontecera em nossa vida de casados, antes ou depois. Nada mudara, Vanessa continuava a ser Vanessa. Assombrava-me a sua naturalidade em estar nua. Aquela nudez, assim exposta, dominava-me. Com isso a irritação foi diminuindo. Ela, acompanhada pela sua deslumbrante nudez, começou a subir vagarosamente pelas minhas pernas, não sem esquecer de, naquela subida carnal, passar seus seios pelo que, até pouco tempo, era o objeto maior do seu foco sexual. Meu sangue já descera. Ela percebeu, sorriu.

Vanessa	— Já, Jorge? Você está incrível hoje, nem espera um pouco. Já está se armando. Mas eu queria dizer antes que tudo o que você colocou hoje não faz sentido. Por um motivo só. Queira ou não, o nosso amor existe. Isso é que vale. Você tem que concordar. É só o que vale.

Não deu tempo nem de responder. Ela vinha subindo pelo meu corpo e ao mesmo tempo se esfregando nele. A irritação tinha ido de vez, aceitaria o que ela dissesse. É, pensei eu, quem mandava mesmo era o desejo que já assumia a minha razão. A Vanessa era terrível mesmo. Não dava para raciocinar direito na sua área de *expertise*, a cama. Vanessa chegou ao meu rosto. Já me encontrava totalmente tomado por ela. Ávida, beijou-me. Cheguei a me lembrar que ela sugara e engolira todo o meu recente prazer, mas nem me importei, não naquela hora. Depois, não sei o que acharia. Acabou o beijo.

        Eu   — (bufando) Quem sabe você não tem razão?
        Vanessa   — (respirando acelerado) Claro que tenho.

Aproveitando a situação, ela subiu em mim, fez como se fosse sentar e num movimento firme, mas suave, engoliu com sua sugosa abertura o seu eterno alvo. Fizemos sexo outra vez. Chamaria essa última posição que tomamos de "papai e mamãe". Gozamos juntos de novo, claro. Como sempre. É, fazer sexo com ela era muito diferente das minhas experiências sexuais pré e pós-Vanessa. E imaginar que ela queria que eu voltasse para ela. Mas essa hipótese estava descartada. Estaria mesmo? Depois dessa noite, quem poderia dizer? Ambos deitados e prostrados na cama nem falávamos mais. Não dava. Ficamos em silêncio. Nossas imaginações dormiam, nós não. Coincidência: olhávamos para o teto. Por algum tempo vicejou o silêncio. Acho que se alguém entrasse ali naquela hora, diria ter visto dois mortos, nus e felizes. E se soubesse mais adicionaria: mortos de sexo. Os corpos nus provariam a teoria. O lusco-fusco do novo dia se insinuava por entre as persianas do apartamento. Pensei: deliramos uma noite inteira, foi tudo mágico. Relaxado, não percebia em mim nenhuma culpa. Não estava dormindo, mas mesmo assim acordei assustado. Dia, trabalho, Arfa, poesia de rua. Fantasiar. Era isso. Tinha que ir. O trabalho me esperava. O dinheiro estava na rua, era só recolhê-lo. E isso era fundamental.

Eu	— Vanessa, preciso ir. O Celso deve estar preocupado. Temos que trabalhar. Ajude-me com as coisas. Veja minhas calças, sim? O resto, vejo eu.
Vanessa	— Mas já, meu amor? (Olhou lânguida, eu já estava correndo em direção ao banheiro.) Claro, meu amor. Mas é uma pena. Pensei que fôssemos passar o dia juntos aqui.

Ela, lânguida, levantou-se vagarosa e obediente como nunca. Levantou-se feito uma gazela. Leve, mas obviamente cansada. No banheiro, fui direto à cueca. Estava ainda de molho, exatamente como deixara. Peguei-a, torci com toda a força. Tentei enxugá-la, impossível. Por mais que eu tentasse estava muito molhada. Era muita água. Pelo menos não estava mais pegajosa. Eu, sim, estava cheirando a sexo. Entrei no chuveiro regado a sabonete. Saí. Nem tinha percebido qualquer movimento, mas ali se encontrava uma toalha. Enxuguei-me. Escovei os dentes. Fiz até um gargarejo. A porta se abriu, e a Vanessa me estendeu as calças. Meio amarrotadas, mas secas, quentes ainda da secadora de roupas. A camisa estava razoável também. Calcei-me e botei a gravata. Estava novamente "enchicado", mas apesar disso, amarrotado. Mas dava para passar. Só mesmo a cueca eu não estava usando. Peguei o paletó onde adormecido estava o meu velho amigo. Saí do banheiro. Vanessa me aguardava com um robe mais normal. Acho que se lavara no tanque de roupa ou quem sabe na cozinha mesmo.

Vanessa	— Não quer comer nada, querido?
Eu	— Tá brincando? Estou atrasadíssimo. (Eu já me dirigindo à porta do seu apartamento.)

Vanessa	— Que horas você volta hoje, Jorginho? Quero preparar um jantar à luz de velas para nós dois. Só nós.
Eu	— Vanessa, o que aconteceu entre nós dois aqui hoje foi um acidente. Total acidente e eu acho melhor ficar assim mesmo.
Vanessa	— Pois eu não acho. Meu amor por você não me permite aceitar isso. O acidente a que você se referiu, Jorge, não foi acidente. Dá aqui uma bitoca. (Projetou seus lábios para a frente.)

Lembro ainda que tentei dar uma de macho me furtando do beijo, mas não consegui. Beijei. Beijo formal para variar. Parti. Atrás de mim uma porta se fechou.

Vanessa	— (para si mesma) Ele é meu... ele é meu. É, e vai ser sempre meu! Todas as coisas estão em seus lugares e o Jorge é novamente meu. Olha lá, minhas cortinas estão no mesmo lugar e o Jorge voltou para mim. A mesa e as cadeiras também e o Jorge foi trabalhar amarrotado, mas vai voltar.

Tomei o elevador. Dei alguns passos ainda dentro do prédio. Saí dele. A primeira coisa que vi foi a última que poderia imaginar: o Arfa. Esperava na porta do prédio da Vanessa. Levei o maior susto. Quase caí sentado. O Arfa estava com roupa de trabalho; roupa de fantasiar, quero dizer. Dirigi-me a ele, dei alguns passos cruzando a calçada e notei ainda que ele carregava as sacolas dobradas. Como sempre, sorriu para mim com aqueles dentes incríveis.

Arfa	— Sabia que o senhor era pontual, mas tou impressionado. Não esperava tanto assim. Como o senhor está amarrotado. O paletó tá também? Se não estiver é melhor botá-lo. Assim, mais ou menos, o senhor esconde o resto.
Eu	— Bom dia, Arfa. (colocando o paletó) O que é que você está fazendo aqui? Não vamos trabalhar?
Arfa	— Claro, seu Jorge. Mas primeiro o senhor tem que me contar como foi a sua noite. Sua cara está acabada. Nem acredito que o senhor vai conseguir trabalhar. Como é que foi?
Eu	— Tudo bem.
Arfa	— Detalhes, seu Jorge. Detalhes. Eu quero os detalhes.
Eu	— Você está louco, Arfa? Que história é essa de detalhes? Onde já se viu!
Arfa	— Entre dois amigos, seu Jorge, não podem existir segredos. Menos ainda segredos desse tipo, esses envolvendo mulheres.
Eu	— Arfa, como é que você sabia que eu estava aqui? Como é que você conhecia esse endereço?
Arfa	— A Batom me deu, ora bolas. Naquela vez que esteve na enfermaria. Ela me disse e deu o papel pra eu dar pro senhor junto com os telefones.
Eu	— E como você tomou nota? Você não sabe escrever.

Arfa — O senhor sempre esquece, né, seu Jorge? Esquece a minha questão da memória. Não disse que ela me disse? Aquilo de eu me lembrar de tudo. Eu não preciso escrever nada pra me lembrar depois. O chato é não poder ler.

Eu — Ah, é! Desculpa, eu tinha me esquecido.

Caminhávamos sem pressa, falando. A cidade começava a se agitar. Mais pessoas. Mais carros. Mais ônibus. Mais pedintes. Mais tudo. Íamos pegar uma condução para a nossa área de trabalho. Pelo menos pensei que seria isso.

Arfa — Agora os detalhes, seu Jorge. O senhor sabe, não sabe? Na vida só os detalhes importam. A realidade como um todo é vigarista. Então vamos, seu Jorge. Comece. Vamos a eles. Sou louco por detalhes de amor.

Eu — Não vou entrar em detalhes, não, Arfa. Eu nunca consegui contar os momentos que tive com mulheres para ninguém. Acho isso pequeno, menor.

Arfa — Pode até ser. Mas o senhor me contou toda a sua vida com a Batom. Isso contou. Aquela noite lá na enfermaria, tá lembrado?

Eu — Primeiro eu gostaria que você parasse de chamar a Vanessa de Batom. E, meu amigo, o que eu falei foi em linhas gerais. Nunca falei de detalhes

	para quem quer que seja. Não me lembro disso, não, Arfa.
Arfa	— Nós somos amigos, seu Jorge. Não podemos ter segredos entre nós. Senão vamos ter que medir a nossa amizade outra vez, né?
Eu	— Não faz isso comigo, não, Arfa. Você não sabe, mas assim você está me chantageando. Está me machucando. Você sabe muito bem que é também o único amigo que tenho. Não me peça o que não posso dar. Só vou dizer uma coisa: a Vanessa está querendo que eu volte pra ela.
Arfa	— (já com a curiosidade desviada) O senhor vai voltar? Aceitou o convite dela? Sem o senhor o que é que eu vou fazer?
Eu	— Calma, Arfa. Quem disse que eu volto? Quem foi que disse que aceitei o choro para voltar a viver com ela? Está claro que jamais voltarei. Pelo menos não para morar com ela.
Arfa	— Só de vez em quando. De vez em quando pode. (Estranho, o Arfa parecia ter ciúmes apesar de ter feito de tudo para nos unir.)
Eu	— Nem isso eu sei, Arfa. Ou melhor, acho que nem de vez em quando quero. Acho melhor a gente ir trabalhar agora. (O Arfa ficou mais satisfeito.)

Fomos. No caminho das fantasias o Arfa veio com uma ideia singular.

Arfa	— Seu Jorge, tive uma ideia. O que o senhor acha de em vez de sairmos dessa região chique e voltarmos para a nossa, da rua das Marrecas e entornos, ficarmos e fantasiar por aqui mesmo?
Eu	— Não preciso nem pensar, Arfa. A ideia é genial. A plateia aqui tem muito mais dinheiro. Vamos escolher um ponto. (De vez em quando ele tinha ideias comuns, humanas, nada esotéricas. Preferia assim.)

Lá fomos nós. Aquela dupla tão improvável que mais parecia chapliniana. Fomos à cata de um ponto naquela "chiqueria" que era Ipanema. O mais difícil, de início, foi achar um ponto ideal. O Arfa então disse que sabia de um, ficava perto de uma sapataria. Chegamos nele. Como passava gente! Era uma loucura isso de ir e vir. Nem lembro os nomes das ruas, mas tinha pinta de ser bom. Começamos nosso ritual, e o público em volta dele, como em todas às vezes. As emoções eram transportadas pelas palavras do Arfa e tocavam o público com a suavidade que cada um da plateia colocava nelas. Era uma perfeita comunhão. Tão visceral como a minha com o ele. Enquanto nós, sei lá, com aquela gente toda, que eu mesmo comecei a chamar de público, plateia, fãs, admiradores, e não sei o que mais, enchíamos a sacolas de dinheiro. Sentia que o Arfa era um artista e até eu, quem sabe, um pouquinho também. Só ali enchemos uma das sacolas. Ao sairmos para outro ponto a ser achado, lembrei ao Arfa que nunca enchemos uma sacola com tanta facilidade num ponto só, e ainda assim já íamos? Ele respondeu que era melhor mantermos a vontade deles de ouvir mais não atendida, que amanhã estariam lá. É, era uma teoria. Porém, só poderíamos ver isso amanhã. O

Arfa sempre acertava quanto às suas plateias, de fato acertava sobre tudo. Ele preferiria que dissesse *nossas* plateias. Eu sempre tinha dúvidas sobre a minha participação na dupla. Em que eu ajudava? Qual a minha importância junto ao Arfa? Mas ele sempre me demovia delas, que por acaso eram e sempre foram muitas. Segundo ele, eu era um grande arauto e viria a ser um grande administrador, cargo que até agora ele ocupava também. Terminados com aquele ponto e já longe dele, o Arfa teve outra ideia.

Arfa	— Vamos parar por agora. O senhor está cansado, eu também estou e quem sabe dona Vanessa também. Agora me acompanhe. Vamos a um lugar logo ali. Viu, seu Jorge, chamei de "dona Vanessa" e não de "Batom". Já é um progresso, não é?
Eu	— Já pedi, não pedi, Arfa? Vamos parar de falar dela. Eu tenho que esquecer tudo sobre a minha ex. Quando me lembro dela, um tumor cresce dentro de mim. Prolifera. Isso me faz mal. Machuca.
Arfa	— Não falo mais. Pode deixar. Me desculpe, seu Jorge... mas o que é isso de "prolifera"?
Eu	— Quer dizer que aumenta feito um câncer.
Arfa	— Pô, que coisa!

Seguia o Arfa com alguma dificuldade, como sempre acontecia quando o seguia. Perto das minhas, suas pernas eram gigantescas, assim como os seus passos.

Arfa	— Seu Jorge, vamos comprar umas roupas. Do jeito que o senhor está amassado não podemos ir a nenhum lugar melhorzinho que vão estranhar o senhor.
Eu	— Você acha mesmo necessário? Podíamos arranjar uma tinturaria e botar esse meu terno para passar. Sairia mais barato.
Arfa	— E quem disse que o mais barato é o melhor? O melhor pra nós agora é o tempo.
Eu	— Mas na nossa sociedade de uma cabeça e dois corpos não era para eu ser administrador também ou só arauto?
Arfa	— Depois que começamos a trabalhar juntos, o combinado é esse. E nós já começamos. Prepare-se que a hora do senhor administrar está chegando. Vamos preparar o senhor para a função. Mas essas roupas que eu vou comprar hoje são também pra isso e é com o dinheiro das minhas outras fases da fantasia no passado, não se preocupe. Quando eu fazia tudo sozinho, eu nem conhecia o senhor.
Eu	— Mas você tinha tanto dinheiro assim?
Arfa	— Algum, mas não era nenhuma fortuna, não.

Chegamos e entramos na loja. Caramba, era metida a besta, a loja. Um vendedor logo se destacou. Dirigiu-se a mim como se eu mandasse alguma coisa ou tivesse dinheiro para mandar. Indiquei que estava ali com o Arfa. O vendedor sem nenhum pejo se dirigiu ao Arfa com a mesma atitude. Coitado. No minuto seguinte já estava inteiramente dominado pelo meu amigo. A atitude mudara para a subserviência. Nem prestei muita atenção. Quando percebi, o cara estava tirando medida da minha cintura. Fez-me perguntas às quais respondi automaticamente. As perguntas eram relativas ao número que calçava, o que desejava, que cor etc. O Arfa com calma puxou-o pelo braço e deixou claro que ele escolheria. E escolheu. Cheguei a provar um blazer, uma calça, três camisas e um sapato, por acaso um mocassim. Sempre adorei aquele tipo de sapato. Tudo da melhor qualidade. Depois de uns quarenta e cinco minutos na loja, eu, assim como o Arfa, saí bem-vestido. Eu me senti outro. O Arfa sorria. O vendedor nos levou até a porta. Sorria também o vendedor. Saímos de lá como se fosse época de Natal. Carregados de sacolas, com a das fantasias cheia de dinheiro no meio e uma com o meu terno chique que seria lavado depois.

Arfa	— Por hoje chega. Vamos almoçar.
Eu	— Por mim tudo bem. O que você acha daquela lanchonete ali?
Arfa	— Hoje não. Vamos comer num lugar melhor.
Eu	— Qual?
Arfa	— Tá vendo aquele lá? É bom. Uma vez estive lá, comi bem à beça.
Eu	— Mas lá deve ser caríssimo. Vai acabar com todo o nosso dinheiro.
Arfa	— Já lhe disse, não disse? Quem vai pagar a conta é o dinheiro que eu já tinha. Não tocaremos no nosso. Por falar nisso, que horas são, seu Jorge?

Eu	— Uma da tarde. Por quê? Você tem hora para ter fome?
Arfa	— Claro que não. A fome é independente de qualquer horário. Ela não dá a mínima pra essa coisa de hora. Só lá na enfermaria, se lembra? (Concordei.) Mas nossa reserva lá no restaurante é para as duas. Então está cedo ainda. Vamos, seu Jorge. Vamos dar início à sua carreira de administrador de fantasias.

Reserva? Pensei comigo: o Arfa fez reserva para a gente naquele restaurante todo metido? Tá bem que estou cansado, mas queria mesmo era voltar ao trabalho. Mas se o Arfa não queria, quem era eu para ir contra? Andamos por uns dois quarteirões. Como tinha gente elegante por aqueles lados! Até tinha me esquecido. Estávamos elegantes também. Carregávamos bolsas como todo mundo. Tudo dentro dos conformes. E eu curioso com isso de iniciar minha nova carreira de administrador. Como seria isso? Dando a impressão que ouvira meus pensamentos, o Arfa entrando em um banco disse: "Chegamos."

Arfa	— Vamos, seu Jorge. O senhor está com seus documentos aí, não está? (Confirmei que sim, lembrando-me que ao transferir o meu velho amigo do terno amassado para o blazer, juntos foram também os documentos.) Oba, o Aurélio está sozinho. Não vamos perder tempo.
Eu	— Quem é o Aurélio?

| Arfa | — O gerente geral. Quem poderia ser? Tinha que ser o que manda mais. Outro não serviria. |

Fomos em direção à mesa do gerente. Antes de nos perceber, sentiu a escuridão que o Arfa produzia, fazendo com que ele fosse notado no ato. Sorriu de orelha a orelha. Enquanto se levantava, meu companheiro sentava e me fazia sentar também. O Aurélio foi o último a tomar a própria cadeira.

Aurélio	— Bom dia, seu Celso. O que podemos fazer pelo senhor?
Arfa	— Tudo muito simples. Tenho uma bolsa aqui (Olha para mim e eu separo a bolsa com dinheiro.) Já contei. Mas gostaria que você mandasse contar de novo e botasse na minha conta o dinheiro. Além disso, quero que o meu amigo Jorge aqui assine minha conta também.
Aurélio	— Ah, duas assinaturas por cheque.
Arfa	— Você não entendeu: só a dele.

O Arfa não parava de me surpreender. Agora e só agora descobria que o colosso da enfermaria sete tinha conta bancária. E pela forma do gerente tratá-lo não era qualquer conta, não. O Aurélio chamou dois funcionários e mandou que eles contassem o dinheiro. Passei a bolsa.

| Eu | — Arfa, não sei disso, não. Não tem a menor graça eu assinar sozinho uma conta bancária que é sua. Pra quê isso? |
| Arfa | — Somos sócios, não somos? Somos sócios porque acredito no senhor. O |

Aurélio aqui sabe que eu não gosto de assinar nada. Agora eu vou ter alguém para assinar a própria assinatura por mim. (para o gerente) Aurélio, veja as fichas de assinaturas pra ele formalizar logo. Também quero saber quanto os meus títulos de capitalização renderam. Sabe como é, né, estive fora por um tempo e não tenho a menor ideia a quantas andam.

O gerente pulou para o computador e começou a digitar. A cada informação, escrevia num pedaço de papel. Terminado tudo, passou o papel para o Arfa.

Arfa — O que é isso, Aurélio? Está querendo ofender meu amigo aqui? Pega, Jorge. Leia em voz alta. Aurélio, entre dois amigos não pode haver segredo, não. Não é, Jorge? Não temos nenhum segredo entre nós.

Passei os olhos no papel. Quase caí das minhas próprias cuecas, que, aliás, eram novas e compradas pelo meu amigo. Seria possível que o meu companheiro da enfermaria sete possuísse tudo aquilo que estava escrito no papelucho? Era impossível. Como poderia ser? No papel que o gerente escrevera havia várias parcelas que ele adicionou e deu um total de... de...

Arfa — Fala, Jorge. O que foi? Tem algum erro?

Até o gerente ficou preocupado com a demora. Nem imaginava que o que me chocara foi o total escrito no papel. Aquela quantia toda.

Aurélio	— Tem alguma coisa errada?
Eu	— Não sei. Mas aqui está escrito R$18.542.000,05.
Arfa	— Aurélio, não vai me dizer que você esqueceu a renda fixa?
Aurélio	— (se explicando) Seu Celso, o senhor só pediu os títulos de capitalização, não sabia...
Arfa	— (interrompendo) Mas é claro que eu quero saber tudo! (olhando para mim) Queremos.

A essas alturas o gerente estava pálido. Falou qualquer coisa com um outro funcionário que logo em seguida se chegou a mim com as tais fichas de assinaturas e delicadamente me pediu a carteira de identidade. Dei. Meu olhar baixou de novo para o papel que ainda estava nas minhas mãos trêmulas. Não conseguia acreditar. Olhei para as fichas de assinaturas. Assinei em todos os xizinhos marcados. Voltou o Aurélio. Com pastas, papéis e pressa para atender ao Arfa. Olhou diversas folhas. Começou a escrever num papel como da última vez. Terminou a tarefa. Tentou passar para o Arfa.

Arfa	— Você não aprende nunca, né, Aurélio? Leia para que eu e meu sócio possamos ouvir.
Aurélio	— Na fixa o senhor tem, com os últimos proventos reaplicados, o total de R$6.500.018,10. Fazendo um total geral de R$25.042.018,06.
Arfa	— E a conta corrente, Aurélio? A conta corrente. Esqueceu também?
Aurélio	— Não, claro que não. Essa é mais fácil. Está aqui no computador. (Pela

	primeira vez olhou para mim.) Quer tomar nota, seu Jorge? O total está em R$100.000,00. Exatamente o que o senhor depositou, seu Celso. Como o senhor sabe, ela nunca foi mexida.
Arfa	— O meu sócio aqui, o Jorge, até já assinou tudo o que tinha de assinar. Agora eu quero um talão de cheques. Daqueles que ele é quem vai assinar, tá? Rápido, por favor, que estamos atrasados para um compromisso.

Num instante, lá foi o Aurélio providenciar o talão. Quando o Arfa se virou para mim.

Arfa	— Gostei de ver, seu Jorge. Bastou o senhor olhar para o papel que o gerente lhe deu e o senhor já viu logo que alguma coisa estava errada. Gostei de ver mesmo. Não disse que o senhor daria um baita de um administrador?

Pensei comigo mesmo, dando um sorriso amarelado para o Arfa: o que sucedeu é que diante daquela cifra não consegui dizer uma palavra sequer. O Arfa tomou como um ato de genialidade de minha parte enquanto administrador. Ele interrompeu meus pensamentos.

Arfa	— Que horas são agora, seu Jorge?
Eu	— Dez para as duas.
Arfa	— (ficando de pé) Temos que ir, senão vamos nos atrasar.
Aurélio	— Está tudo pronto, seu Celso. Aqui está o talonário, seu Jorge. Além disso,

mandei adicionar o rendimento da renda fixa na conta. Leve também o meu cartão para o caso de qualquer dúvida.

    Agradecemos e saímos com as bolsas e tudo, menos a bolsa com o dinheiro das fantasias da manhã. O conteúdo dela tinha sido depositado também na minha conta bancária. Quero dizer, nossa, mas que só eu assinava. Não podia me esquecer de novo. Tinha que perguntar ao Arfa a proveniência daquele dinheiro. De onde ele viera? Será que das fantasias passadas? Fomos em direção ao restaurante chique que ele me apontara antes. Um quarteirão de distância e onde o Arfa fizera a reserva. Como de hábito, ele ia na frente. Por mais que eu me esforçasse, era difícil ir passo a passo com ele. Mesmo assim, cheguei a perguntar a ele como ele tinha tanto dinheiro assim no banco.

Arfa	— Não lhe contei que desde meus dezoito anos venho fantasiando? Além disso, minhas necessidades sempre foram poucas. Deu para economizar bastante. Nem aluguel eu algum dia paguei. Sempre morei mesmo na rua.

    Chegando perto do restaurante, o Arfa me deixou passar e me informou que a reserva estava em meu nome: Jorge Ribeiro. Reclamei. Meu nome não era Ribeiro. Ele me convenceu que não fazia mal. Não iriam pedir carteira de identidade mesmo. Ao chegarmos lá, o porteiro abriu a porta. Imediatamente senti o ar-condicionado e fui recebido pelo *maître*. Disse ter reserva para dois em nome de Jorge Ribeiro. Ele me corrigiu. Não entendi. Ele disse que a reserva era para três e já tinha uma senhora aguardando. Ao virarmos uma parede daquele chiquérrimo restaurante semicheio, vi. Aguardando-nos lá estava ela: Vanessa. Ela nos viu. Sorriu. Tremi. Não sei por quê.

Vanessa	— Puxa, como eles estão elegantes. O Jorginho então... há muito eu não o via assim tão bem-vestido. Está gostoso, um pão.

Sempre que ela sorria, eu tremia. Chegamos à mesa. Dois garçons além do *maître* começaram a puxar as cadeiras, trazer os *couverts* etc. O *maître* veio com os cardápios. O Arfa pegou o dele com o maior interesse. Vanessa e eu pegamos os nossos também. Eu para o *maître*:

Eu	— Quero um Johnnie Red duplo com muito gelo.
Arfa	— Eu também.
Vanessa	— Eu continuo com o meu coquetel de frutas, obrigada. (Vira-se para mim.) Oi, amor, já estava ficando preocupada. Estou tão cheia de saudade. E olha que a gente quase, quase acaba de se ver.
Arfa	— Amor é isso mesmo, dona Vanessa. Cada dia parece uma hora ou uma hora parece um minuto. Tudo depende do amor.

Eu calado. As bebidas chegaram. Claro, serviram primeiro o Arfa. Eu logo em seguida. A Vanessa continuou a sua bebida. O Arfa ameaçou um brinde. Acedi. Os três copos se ergueram.

Arfa	— Ao futuro.
Vanessa	— (sorridente) Ao futuro e ao Jorge. Não é, Celso?
Eu	— Tudo bem.

Do brinde, levei meu copo diretamente aos lábios. Foi um grande gole. Foi quando me lembrei: nem um cafezinho tinha tomado hoje. Caramba, assim posso até me dar mal, dar vexame. Caí no pão, manteiga, patê, azeitonas e tudo mais que tinha nos *couverts*. Acho que acabei comendo tudo, inclusive a parte deles. Ninguém reclamou. Olhei de onde estava aqueles extraordinários olhos dela. Como estava bonita. Nem parecia que estivera fazendo sexo a noite toda. Que mulher aquela que foi minha! Por um tempo até, só minha. Depois veio a *débâcle*: as infidelidades, confissões e finalmente a separação. Mas minha vingança chegara. Ela, até neste momento, no restaurante, me comia com os olhos. Eu nem precisava. Agora estava rico, no meu bolso latejava viril o talonário que o Aurélio me dera. Claro que o dinheiro era do Arfa, mas eu era o administrador dele. Eu assinava os cheques. Sentia-me melhor. Chamei o garçom.

Vanessa	— (pensando) Ele está tão calado. Será que está com outros pensamentos, que não agora ou aqui? Não em mim?
Vanessa	— Sentiu minha falta, Jorge?
Arfa	— Claro que sentiu, dona Vanessa. Falou o dia inteiro na senhora. A senhora precisava ver. Parecia uma criança.
Eu	— Vamos começar tudo de novo? O que é que você está dizendo, Arfa? Não falei nada.

Arfa	— Desculpe o seu Jorge, dona Vanessa. Ele tem medo de amar. Mesmo que o amor dele esteja sentado em frente. Querendo ele.

O garçom aguardava. Aproveitei. Perguntei pela preferência da Vanessa.

Vanessa	— O peixe que vocês pedirem, eu também vou querer.

Quase sorri, na hora me pareceu uma piada. Fiz o pedido. Três badejos ao molho de camarão e purê de batata. Vou querer água mineral para acompanhar. Os outros me seguiram. Ela continuava a me olhar.

Vanessa	— Jorge, você se lembra daquilo que falei das velas? Comprei quatro vermelhas hoje. Você gosta de vermelho?
Arfa	— Muito. Gosta muito.
Eu	— Para com isso, Celso. Você não sabe se eu gosto ou não. Além disso, a Vanessa está querendo falar comigo.
Vanessa	— Então me responde, Jorge. Você gosta de vermelho? De velas vermelhas?
Eu	— Se tem que ter cor, por que não vermelho?
Vanessa	— As que comprei são longas e torneadas.
Arfa	— Bonitas. Uma vez vi umas assim, estavam até acesas. Acho que foi no período de Natal. Era uma lindeza.

Fui salvo pelo gongo daquele papo deletério: o garçom chegou com os peixes. Começou a servir. Estavam até bonitos. Cheiravam bem. Mas eu tinha perdido a fome. Os outros não. Começaram a comer, não sem os indefectíveis votos de bom apetite. Enquanto eles comiam, eu ia brincando com o meu prato. Vez ou outra comia um pouco. Lembrei do *scotch*: era melhor que eu comesse um pouco mais. Comi, só por garantia. Quem sabe o que poderia acontecer nessa minha nova vida que nada tinha de normal? A começar pelo Arfa. Juro que não entendia nada dele. Nem com aquela história de quando ele era criança. Não sabia quem era nem de onde viera. Até agora concordava, meu amigo e salvador. Mas fora eu o que mais existia na vida daquele colosso milionário? Naquele momento entretinha a Vanessa. Ela parecia feliz. Sorria para ele. Ele também sorria para ela. Davam-se bem os dois. De repente algo me pareceu estranho. Num fragmento de instante me veio à cabeça uma ideia maluca, muito maluca mesmo. Deu-me uma impressão estranha que talvez em vidas passadas, ou nessa mesmo, eles teriam se conhecido. A intimidade entre eles estava além do normal. Mas vai ver que tudo era bobagem minha. Aliás, tinha certeza que era. Mimetizado com as minhas eternas dúvidas, ouço lá no fundo o Arfa falar alguma coisa.

Arfa	— Me dão licença, por favor. (Levantou-se e foi.)
Vanessa	— Estamos sozinhos agora, Jorge. Então está de pé o nosso jantar lá em casa hoje? Vai ser tão bom. Vamos até conversar sobre o nosso futuro.
Eu	— Não sei nada disso, não, Vanessa. Que futuro é esse? Nós só temos entre nós o passado. Mais nada. Nada

além disso. Coloque isso na sua cabeça de uma vez por todas e acredite: nada mais existe entre nós. Nada. Aliás, entre nós existem, sim, todos os passados, os bons e os ruins.

O Arfa voltou. Sentou-se.

Arfa	— Acho que vou tomar outro uisquinho. O senhor me acompanha, seu Jorge? (Minha incapacidade de dizer não a ele estava se tornando endêmica.)
Eu	— Claro.
Arfa	— A senhora quer uma sobremesa? Um licor, dona Vanessa?
Vanessa	— Vou só querer um expresso.

Ele chamou o garçom. Ordenou dois *scotches* e um expresso para Vanessa. Lá se foi o garçom. O restaurante esvaziara. Voltou logo depois para encontrar uma mesa muda. Cada partícipe calado. Silêncios separadamente sentados. Cada um pensando nas próprias velas vermelhas como a Vanessa deveria estar. Ou, quem sabe, o que fazer agora, pensaria o Arfa. Eu só pensava em como sumir ou em como deixar de pensar nela. As bebidas chegaram. Eu bebia e testemunhava a estranha intimidade entre eles. O Arfa e ela. Ou deveria dizer entre ela e o pobre do Arfa? Talvez, quem sabe, mais um pobre coitado como eu. Tomava outro gole e pensava nas velas e no que viria depois. De repente me peguei sorrindo à lembrança das doces cotias. Depois de mais um *scotch* para cada um e um expresso para ela, o Arfa pediu a conta.

Arfa	— Dona Vanessa, tou indo. Quem sabe a gente não se vê amanhã? (para

	mim) Vou levar as sacolas lá pra nova casa. Depois vou fazer uma visita. Mas não deverei chegar tarde. De qualquer maneira, darei o novo endereço pro senhor ainda hoje. Tá bem?
Eu	— Não está bem, não. Onde você me dará o novo endereço? Quero muito falar com você. Muito mesmo.
Arfa	— Sobre o quê? Sobre a nossa mudança? Eu já tinha dito ao senhor que o seu apartamento era pequeno pra nós dois, não disse? Ia ser minha surpresa amanhã para o senhor, mas se o senhor precisar já pode dormir lá hoje. Mais tarde encontro o senhor. Sempre saberei onde o senhor estará.
Eu	— Mas, Arfa, nós nem conversamos ainda depois da ida à "loja" do Aurélio. O que significa aquilo tudo? Todas aquelas coisas? O que eu devo fazer?
Arfa	— Nada demais. Trate de recuperar sua vida. Grande parte dela está sentada aí na sua frente.

Vanessa olhava intensamente para o Arfa e para mim. À última afirmação dele, olhei para ela e ela estava olhando para mim com aquele olhar tipo "não disse?".

Arfa	— Hoje ainda falaremos de tudo. Tudo que o senhor precisa, quer e deve saber.
Eu	— Você vai e eu vou ficar sozinho?

Vanessa	— Sozinho como? Não estou aqui, por acaso? Pergunta ao Celso, ele entende. (para o Arfa) Não entende?
Arfa	— Claro que entendo. Entendo sim, seu Jorge. É tudo muito simples. A dona Vanessa vai lhe explicar. Agora eu tenho que ir mesmo. Me desculpem. Depois a gente se vê.
Eu	— Onde?
Arfa	— Eu encontro o senhor. Já disse, não disse? Fique tranquilo.

O Arfa pegou as bolsas e pediu para eu pagar a conta. Deixou-nos ali. O restaurante vazio ficou com as quatro presenças, o garçom que nos servira e nós, Vanessa, sua beleza e eu. Perguntei ao garçom sobre a possibilidade de mais *scotch*. Vanessa queria um também. Nada de repetir o expresso. O garçom trouxe os dois copos já servidos. Nunca gostei muito dessa prática, preferia a garrafa com fitinha. Mas já estava lá, não iria reclamar nem nada. Dei um gole.

Vanessa	— Não vamos brindar, Jorge?
Eu	— Brindar o quê?
Vanessa	— A nós e a noite que vem por aí.
Eu	— Nós? Noite? Hoje eu não caio nessa, não.
Vanessa	— Mas hoje você precisa mais do que nunca.
Eu	— Preciso do quê? De outra sessão de lavagem sexo-cerebral?
Vanessa	— Por acaso você não gostou de ontem a noite? Duvido muito. Além disso, você tem que entender o que está acontecendo.

Meu revólver era velho   149

Eu	— Finalmente, o que eu tenho que entender?
Vanessa	— Durante a noite eu explico.
Eu	— Quer dizer que para eu entender nem sei o quê tenho que passar a noite com você?
Vanessa	— É tão ruim assim? Jorge, Jorge, por que você não se rende logo ao nosso amor?

Não respondi. Chamei o garçom com o gesto de quem pede a conta. Aproximou-se tirando do bolso o papel. Deu-me. Estava pronta a conta. O Arfa já tinha pedido. Já era tarde. Éramos só nós no restaurante. Pensei na gorjeta. Devia fazer como o Arfa. Tirei o dinheiro do bolso, paguei a conta e fui bem generoso. O garçom não reagiu como os do Arfa. Não deu nem muita atenção à gorjeta. Perguntei-me: será que foi pequena? Mas agora fazer o quê? Levantamo-nos. Começamos a sair. Aí me lembrei da cara sem graça do velho garçom. É, esqueci de dizer: o garçom era velho, devia estar para se aposentar. Voltei. Lembrando-me do Aurélio, botei mais uma nota de R$50,00 sobre a mesa. Sua cara não mudou nada. Nem obrigado disse. É, ele estava para se aposentar mesmo. Peguei o braço da Vanessa e saímos. Saímos do ar-condicionado. Pela primeira vez, senti o calor da cidade. Desde a minha saída do hospital era de fato a primeira vez que sentia o sabor do suor. Olhei para Vanessa. Um semblante plácido, tranquilo e sem um pingo de suor.

Eu	— Está quente, você não acha?
Vanessa	— Acho que está ótimo. E agora que fazemos?
Eu	— Não tenho a menor ideia.

Vanessa	— Eu sei. Vamos lá para casa. Ligo o ar-condicionado, ouvimos música e fantasiamos.

Levei um susto! "Fantasiamos"? Tinha que pisar com cuidado nesse terreno. Como é que a Vanessa podia saber sobre fantasiar? Era uma palavra tão nossa; quero dizer, minha e do Arfa. Ela não poderia saber, ou melhor, como poderia conhecer a nossa palavra substituta de "poesia"?

Eu	— O que é que você quer dizer com "fantasiamos"?
Vanessa	— Ora, Jorge. Você sabe. (olha entre divertida e sensual) Já não fantasiamos ontem?
Eu	— Ah, isso.
Vanessa	— Claro. O que poderia ser?
Eu	— Sei lá.
Vanessa	— Vamos, querido. Juro, vou explicar tudo para você lá.

Sem escolha e para poder entender alguma coisa do que estava acontecendo entre o Arfa e ela, a estranha intimidade entre os dois, topei. Fomos em direção à sua casa. Eu já preparado para o que desse e viesse. Não era nem longe: dois ou três quarteirões e estaríamos lá. Eu e Vanessa. Não, Vanessa e eu novamente. Só que dessa vez eu iria entender tudo. Custasse o que custasse. O prazer dela ou o meu. Ou os nossos. Caminhávamos. Braços dados, andando e roçando um no outro. Eu não queria, mas roçava e permitia que ela se encostasse em mim. Fazer o quê? O desejo falava mais alto, assim como a curiosidade de conhecer o que o colossal Arfa significava.

Estávamos quase chegando e os transeuntes das calçadas todas nos notavam passar. Estava até me sentindo orgulhoso. Olhavam para ela e quem sentia orgulho era eu. Ela já deveria estar mais que acostumada. Olhavam o sinuoso e apaixonante andar da Vanessa. Bela, bem-vestida e cheirosa ao lado da sombra que, apesar do orgulho, era eu. Chegamos, enfim. Tocada a campainha apareceu o porteiro de cara diuturna. E era um porteiro diuturno mesmo. Dava-me a impressão que ele nunca dormia.

Entramos. Subimos. Já dentro do apartamento dela coloquei o blazer que aconchegava o meu velho amigo num cabideiro dentro da sala. Larguei-me no sofá. Ela me ofereceu de beber. Aceitei um copo com água. Ela trouxe e me informou que ia se preparar para fazer o jantar prometido com as velas e tudo. E perguntou por que eu não descansava um pouco. Não tinha nem dormido. Não precisou convidar a segunda vez. Com o cansaço, mais a noite que tivemos ontem, mais o almoço, mais os *scotches*, aceitei logo a ideia. Fui direto para a sua cama. Tirei os sapatos e deitei como estava.

É, estava cansado mesmo. Acho que adormeci logo. Acordei. Sonhei os bons sonhos. Portanto nem me lembrei deles. Só sabia que tinha sonhado. Imediatamente, senti, vindos da cozinha, aromas de alguma receita de primeira. Fui até lá. Fumegavam as panelas. Pelo calor ambiente imaginei que o forno estivesse ligado. Ou talvez viesse do corpo da Vanessa. Ela estava lá comandando o show. Eu, sua única plateia, suspirei lá do fundo d'alma. Ela estava vestindo um avental e uns chinelos felpudos onde só apareciam, nas pontas abertas, os dedos dos seus famosos pés. Nem calcinha usava. Ouviu-me chegar.

Vanessa — Puxa, querido, você dormiu à beça!
Eu — Não tinha percebido, mas estava cansado mesmo.

Vanessa	— Claro. Depois daquela louca noite de ontem, você foi direto trabalhar com o Celso.
Eu	— Como é que sabe?
Vanessa	— Ué, você mesmo me disse. Ele me disse também.
Eu	— É, acho que sim.
Vanessa	— Jorge, pare com essas dúvidas sobre o Celso. Ele é do bem. Só pratica o bem. Ele nos fez voltar.
Eu	— Para com essa coisa de termos voltado, Vanessa. Não voltei pra ninguém.
Vanessa	— Isso é o que vamos ver, querido. Faço qualquer coisa para ter você comigo outra vez e para sempre. Quero muito que você volte para mim, amor.

Quer dizer que o Arfa era do bem? Grande novidade. Isso dito para mim parecia piada. Claro que o Arfa era do bem. Pelo menos sem qualquer prova em contrário, isso para mim era o óbvio. Tinha para provar o talonário que o Aurélio dera para mim. O torniquete e todas as outras coisas. As melhores, porém, foram a bofetada no Colgate e a encarada que o Arfa dera nos três amigos dele. Saí daquela cozinha e da visão, agora até que um tanto suada, da Vanessa seminua. Fui para a sala. Vinha uma música suave de lá. Não sabia o que fazer enquanto esperava a Vanessa terminar de cozinhar. Enquanto dormi, ela já adiantara a preparação da mesa, que por sinal estava linda. Até as velas vermelhas já estavam acesas. Era o jantar que ela programara ter comigo com a certeza de conseguir. É, mas dessa vez eu ia querer as explicações. Tantas por tantas coisas que me assolavam de dúvidas a cabeça. Enquanto aguardava, vi na mesinha do centro, em meio a revistas, um álbum de fotografias. Comecei a folhear. Logo na primeira página uma fotografia que ocupava quase toda ela. Éramos nós dois, eu e a Vanessa nos nossos tempos de recém-casados. Além de ser uma bela fotografia, era também um momento em que a felicidade parecia transbordar os limites do papel fotográfico. Transportei-me para aquela ocasião. Éramos tão felizes. Tudo naquela época me levava a crer no chamado amor eterno. Quem sabe até mesmo o meu não transcendesse a própria eternidade? Virei a página. Começavam as fotografias médias. Eram dela com colegas de escola, passeios escolares e outras. Começavam as fotografias menores. Eram da Vanessa quando criança, com os que poderiam ser seus pais (nunca os conhecera), seus primos, quem sabe; ela já mais mocinha com colegas de colégio, todos uniformizados. Virava as páginas e me deslumbrava com a Vanessa já transformada na mulher que se via hoje. As fotografias eram muitas e menores. Cada uma a trazia com grupos de homens, uma ou outra com mulheres, outras ainda com alguém em particular. A partir de certa página, fotografias ainda menores só com homens. Tinha até uma pequena dela comigo. Foi aí que vi uma com o Colgate. Não acreditei no que meus olhos viam.

Eu	— Vanessa! (gritando) Vanessa!
Vanessa	— O que foi Jorge? O que aconteceu? (saindo da cozinha)
Eu	— (levantando o álbum como se fosse um estandarte revolucionário) O que é isso aqui? O que você quer com isso? Humilhar-me mais do que já humilhou? E ainda diz que quer voltar para mim. Que me ama. São fotografias dos seus amantes, não são? Tem até você com o Colgate e todos os outros que não tinham rostos e

| | que agora passaram a ter. O que você acha que devo fazer com você? Diga, Vanessa! Cospe!
Vanessa | — Posso explicar. Posso explicar tudo. (pensando) Meu Deus, como é que eu pude deixar o álbum na mesinha? Agora como é que eu vou fazer o Jorge entender isso? Que burrice minha! Estupidez!

Deixei o álbum na sala. Fui para o quarto me calçar. Ela veio atrás. Sentei-me na cama. Peguei meus sapatos. Ela em frente a mim.

Eu | — Sai daqui, Vanessa! Você está fedendo a bacalhau. Vai embora daqui! Me deixa sozinho.
Vanessa | — Mas eu quero explicar tudo.
Eu | — Vai à merda com este cheiro de bacalhau! Leva suas explicações juntas com este fedor.

Ela explodiu em choro saindo do quarto. Durante algum tempo continuei sentado, sei lá quanto. Meus sentimentos iam da raiva à fúria e voltavam. Veio-me uma vontade louca de chorar. Segurei. Contive as lágrimas. Estava fora de mim. Queria quebrar tudo. Levantei. Saí do quarto. Fui para a sala. Lá ainda estava o álbum de fotografias. Peguei aquela coleção de tantos passados. Tantas vidas que passaram pela vida dela. Com todos aqueles passados colados nele, o álbum era pesado. Projetei aquele peso na mesa toda arrumada. O barulho foi de uma explosão escandalosa seguida de barulhinhos de louças e vidros estilhaçados. Do banheiro saiu a Vanessa, horrorizada.

Vanessa	— Jorge, Jorge querido, para que isso? Ia explicar para você depois do jantar.
Eu	— Quem lhe disse que eu quero alguma explicação? Eu vou é embora daqui. E se você tem alguma dignidade, não me procure nunca mais.

Ela tinha tomado uma chuveirada. Também, depois de ter sido ofendida de feder a bacalhau, não era para menos. Usava um roupão sóbrio. Seus cabelos estavam molhados. Pedia para eu me acalmar. Pedia para eu não gritar. Eu estava gritando porque estava desesperado. Pensava: quanta falsidade. A campainha tocou. Cheguei a pensar que fosse o porteiro com a sua cara diuturna com alguma reclamação de algum vizinho. A Vanessa foi abrir a porta. Abriu. Como sempre, enganei-me.

Vanessa	— Celso! Como você é bem-vindo aqui e agora. Principalmente agora. O Jorge está louco.
Eu	— Louco! Eu estou louco? (rindo) Você é uma cínica!
Arfa	— Calma, gente (Disse sua gentil voz de barítono.) Vamos acalmar, pessoal.

Vanessa continuava a chorar e muito. O Arfa se achegou a ela. Abraçou-a. Passou a mão nos seus cabelos. Não entendi nada do que estava vendo. Aquele carinho todo. Toda aquela intimidade. Enquanto acariciava, o Arfa viu a mesa toda destruída. Nada escapava dele. Também, tudo estava espalhado para todos os lados.

Arfa	— O que foi isso?

Vanessa	— O Jorge jogou o álbum de fotografias contra a mesa que eu tinha preparado para nós dois. O jantar à luz de velas.
Arfa	— O senhor fez isso, seu Jorge?
Eu	— O que você está fazendo aqui, Arfa? O que você tem com isso?
Arfa	— (sem responder) Fez ou não fez?
Eu	— Fiz sim. Aquele álbum que está ali no chão era uma agressão contra mim. E agora você. Repito: o que é que você está fazendo aqui?
Arfa	— Vim aqui, como venho quase sempre visitar a dona Vanessa. Quando ela precisa de mim eu sinto. Somos amigos também. Aqui, seu Jorge, neste instante, somos três amigos vivendo uma crise.
Eu	— Então vocês já se conheciam antes mesmo que eu os tivesse apresentado ontem no restaurante? E você chama isso aqui de crise? Eu chamo de *gran finale*. É o fim de tudo o que a Vanessa poderia pretender comigo. Eu, seu grande amor, vou embora. Para mim basta! E como foi que você a conheceu?

O choro da Vanessa apertou. O volume aumentou. E até me deu a impressão que sofria com a hipótese do fim.

Vanessa	— Ele não pode ir embora, não, Arfa. Ele é o amor da minha vida. Você sabe, não sabe? Além disso, Celso,

	você me prometeu. (Essa parte ela sussurrou, mas, ainda assim, ouvi.)
Arfa	— Claro que sei, dona Vanessa. Pode deixar. Ele não vai embora, não.
Eu	— Prometeu o quê? E quem é que vai me impedir de ir embora?
Arfa	— (sem responder àquela coisa de promessa) Seu Jorge, impedir é uma palavra forte. Violenta. Implica no uso de força. Significa dar porrada em alguém para proibi-lo de ir aonde ele quer ir. O senhor é meu amigo. O único. Como é que eu poderia pensar numa coisa dessas, exatamente contra o senhor? Não é nada disso, não, seu Jorge. Só vim aqui pra ver vocês dois juntos e falar pro senhor as coisas novas que fiz.

A Vanessa agora só soluçava. Assegurada que fora pelas palavras do Arfa. Aquele poder que ele tinha de acalmar as pessoas me confundia, de tomar as decisões corretas antes mesmo de precisar, também me tinha feito relaxar. Vanessa nem chorava mais. Tudo era uma calma só. Ele chegou e a paz veio com ele. Vanessa se retirou. Foi para o quarto. Acho que foi se arrumar. Se lágrimas sujassem eu diria que teria ido se limpar. O Arfa foi para um grande sofá. Chamou-me. Eu que não sabia o que fazer. Fui. Sentamos. Pela primeira vez vi o Arfa sério. Não sorria. Olhava para a mesa e por um instante me pareceu não ter o que dizer.

Arfa	— Seu Jorge, pode até parecer que tudo seja muito estranho. Se lembra

daquela coisa inexplicável da minha memória? Deve acontecer no cérebro, né? Pois é, acontecem outras coisas na minha cabeça também. São coisas diferentes de tudo o que acontece com todo mundo. Nem sei o que são. Escrever ou ler, não sei, não. Mas sou capaz de fantasiar. Talvez seja uma forma de compensação. Quem sabe um truque da natureza. De vez em quando me aparece algo de bom para realizar. Como se fosse uma obrigação. Uma missão para ajudar alguém. Pode ser qualquer coisa. Pode ser uma missão de paz, de amor, de sexo, quem sabe? Eu nunca sei. Um dia, uma missão dessas aparece bem-explicada na minha mente. Explicadinha. Tudo a ser feito. Passo a passo o que devo fazer. E aí faço. É a minha missão. O que faço nesse mundo. É a minha vida. Cumpro. Não devo, nem posso errar. No caso de pessoas, são as que precisam de mim. Foi assim que entrei na vida da dona Vanessa. Na sua também. Vocês dois estavam mal. Um queria o outro. Ela louca pelo senhor. O senhor, por ela. Queria ela só pro senhor. Mas ela mesmo querendo o ex-marido, queria outras coisas também. Minha missão atual é juntar os dois, sem as diferenças que separaram vocês. Pra sempre e felizes.

Eu	— E quem disse que eu quero isso?
Arfa	— Mas a missão é minha, seu Jorge. Não há nada que o senhor possa fazer.
Eu	— Claro que posso.
Arfa	— O senhor quer ver um exemplo? Nossa amizade. Como aconteceu lá na enfermaria sete. Como floresceu enquanto fantasiamos. A minha missão era dupla, então. Com tudo derrubado nessa mesa aí, até dá a impressão que tudo saiu errado. Mas não foi exatamente assim, não. Foi só um espinho pra nós três. Acho até bom esse espinho. As minhas missões, sabe? São coisas que tenho de fazer e não posso deixar inacabadas. Apenas convivo com essas coisas. Elas nem me incomodam. Me ajudam até a amparar certas pessoas. Não todas. Só algumas. As que precisam de verdade. As que me são selecionadas. Por quem, não sei. Mas quem seleciona também me dá indicações de como achar os escolhidos. Pessoas que sofrem e precisam da minha ajuda. Nem as conheço. Quando percebo, estou junto delas. O mais raro no caso de vocês foi que ele era duplo. Envolvia duas pessoas. Ela e o senhor. Comecei a trabalhar com a dona Vanessa. Primeiro cuidei dela. Ela precisava muito. Pensava ser feliz. Mas sentia lá no fundo que era uma

pobre coitada. Só pensava em brincar. Fazer sexo. Mas sexo pra ela era quantidade de parceiros. Nada tinha a ver com amor. E ainda por cima era casada com o senhor. Amar mesmo só amava o senhor. Quando falei com ela, expliquei como devia ser a vida dela. Onde estava o senhor? Lá no seu cubículo. O senhor de desespero chegou até ao espelho, ao revólver. Isso eu não podia permitir. Foi aí que usei a Maninha pra interromper seu gesto. Depois recebi a indicação. Souza Aguiar, enfermaria sete. O senhor chegou num dia. Fui pra lá uns dias antes. Pra preparar o ambiente. Quando o senhor chegou, o pessoal da enfermaria pensou que eu já estava lá tempo à beça.

Eu — Quer dizer que a Maninha era gente sua?

Arfa — Gente minha, não. A Maninha foi uma das que ajudei. Quando preciso, seu Jorge, uso as pessoas que salvei pra me ajudarem nas pequenas tarefas. Todas são muito agradecidas. Nunca recusam. Maninha foi alvo de uma das minhas primeiras missões.

Eu — E a Vanessa? O que você fez com ela?

Arfa — Entrei na alma dela. Conversei. Falei sobre o senhor. Seu sofrimento. Falei sobre o espelho. O revólver. Falei tudo. Disse até que ia me encontrar com o senhor. Ser seu amigo. Mas que a partir daquele momento ela teria que parar de brincar. Mas isso, essa conversa, aconteceu muito antes da Maninha ir ao 301 e todo o resto. Dona Vanessa agora está depurada. Não quer mais brincar com ninguém. Só quer o seu amor de volta. Só o seu. Quer brincar com o senhor. É toda sua. Corpo e alma.

Eu — Você quer que eu acredite nisso tudo que você está contando?

Arfa — Claro, eu não estou dizendo? Nunca mentiria pro senhor!

Eu — Como é que você vai poder provar?

Arfa — Provar pra quê? O senhor não acredita, né? Mas agora não posso. Por enquanto não.

Eu — Por que não?

Arfa — O espinho. A missão foi interrompida. Só quando ela terminar. Aí posso lhe provar. Aí o senhor vai ver que eu não sou maluco.

Eu — Não sei ainda, não, Arfa. Reconheço que é, sim, tudo muito esquisito. Mas que isso vá fazer com que eu venha a reatar com a Vanessa, não sei, não.

Arfa — O senhor confia em mim, seu Jorge?

Eu — Acho que isso está mais que claro, não é? Entre nós só existe amizade e das maiores.

Arfa	— As minhas missões nunca falham. Já foram muitas e nunca falharam. Está tudo previsto. Tudo já foi escrito há muito tempo. O senhor e a dona Vanessa vão ser felizes. E só brincarão entre os dois. Um com o outro. E só. Só, não, pra sempre os dois.
Eu	— Como *muitas missões*? Que história é essa de muitas? É algo divino? Tem a ver com imortalidade? Eternidade? Algo metafísico?

Nisso a porta do quarto se abriu e logo após apareceu a Vanessa vindo para a sala. Como sempre, linda e, já a distância, perfumada. E o Arfa garantira que seria só para mim. Para sempre. Olhou para o Arfa. Sorriu para mim. Instantes de silêncio.

Arfa	— Contei tudo, dona Vanessa.
Eu	— Quase, Arfa. Queria saber sobre as chamadas "missões". Preciso de respostas. Faltou também o álbum de fotografias. O que aquelas fotografias estavam fazendo aqui?
Vanessa	— Foi ideia minha, Jorge. Fora a sua fotografia grande e a minha com os meus pais, eu ia destruir tudo na sua frente, tudinho. Para fazer você feliz e mostrar que tudo foi um passado remoto. Na minha cabeça, remotíssimo. Não existe mais. Posso até dizer que nunca aconteceu.

Olhei para ela calado. Que olhos. Eu estava sentado, ela em pé. Ela com aqueles olhos perfurantes me olhando de pé.

Eu sentado, me sentia inteiramente submisso. Mesmo que tudo fosse verdade (e era a meu favor a verdade), ainda assim, racionalmente, o passado me machucava. O grande problema com os pecados sexuais passados dos nossos seres amados é que existe a memória. Mesmo que desculpasse aquele passado que fora o da Vanessa, a memória não dava sossego.

Vanessa — (pensando) Ele não diz nada. Que suspense. Fala alguma coisa, Jorge.

Ela me lembrava a cada dia, por algumas vezes em momentos até curtos, a visão audiovisual dos pecados que ela cometera no passado. E então a desculpa se esvaziava e me vinha certamente na boca o amargor de ter sido um inocente útil. E por que não dizer logo, um corno útil. No meu caso, pelo menos fui e disso tenho certeza. Aliás, se não tivesse sido, por que queriam me convencer que tudo era passado e lá ficara? Que eu descansasse, jamais aconteceria de novo. Isso até o Arfa me garantira. Nele eu acreditava. Mas a sua garantia se chocava com a vida cheia de surpresas e peripécias. Prenhe de fatos inesperados. Pensei: o que podia ser mais surpreendente do que a beleza daquela mulher de pé em frente a mim? É, seriam os pecados que ela poderia ainda cometer e, juro, acreditava piamente que os faria de novo. Era bonita demais para eu acreditar que tudo agora seria diferente. Depois de tudo, como confiar e acreditar nela que me pregou dezenas de agressões carnais usando o seu corpo. Ainda por cima achava que tudo isso era só "brincar". E ambas, a vida e ela, fizeram-me ir buscar o espelho, naquele gesto que quase foi terminal.

Eu — O seu corpo concorda com isso também? A memória das peles encostando na sua pele? As bocas, sua e

	de todos os outros, para que serviram nas suas trepadas por aí? Sua língua, tão esperta e com vida própria, o que fez? Dedicou-se a que coisas?
Ela	— (chorosa outra vez) Viu, Celso? Eu aprendi tudo o que você me ensinou. Me corrigi. Tudo para ter o meu Jorge de volta. Mas ele me trata assim. Você falou com ele? Ele entendeu? Senão, o que é que eu vou fazer? Agora que só quero ele. O Jorge ainda não entendeu que tudo foi passado, que eu nem me lembro. Sendo assim, o que eu vou fazer da minha vida?
Arfa	— É, dona Vanessa. A história do álbum foi uma péssima ideia. Eu não disse pra senhora fazer nada disso. Sem o álbum, nada de ruim teria acontecido. (para mim) Por que as mulheres não entendem as coisas mais simples? Se fossem complicadas elas entenderiam. Só as complicadas. Agora a senhora interrompeu a missão. Se fosse outro caso eu pensaria até em ir embora da sua vida. Mas sou amigo do seu Jorge. Vamos completar a nova missão, quando ela chegar, da forma que eu disser, tá? Nenhuma mudança. Nenhum improviso da parte de qualquer um. Com as minhas missões não se brinca, não. Aviso que até eu conhecer a próxima missão que coisas ruins podem acontecer. Às vezes uma, outras, até duas vezes.

Toca a campainha do apartamento. Vanessa olha para nós atônita.

> Arfa — Não disse? É com a senhora. É sua casa. E garanto que será coisa ruim.
> Eu — A missão não vai fazer nada?
> Arfa — Essa coisa ruim é uma punição. Como é que o senhor pode pretender que a missão intervenha na própria punição que criou?

Vanessa pálida, com tudo o que o Arfa dissera, foi rumo à porta. Chegou devagar, temerosa. Olhou pelo olho mágico. Não viu ninguém. Voltou. A campainha tocou de novo. Voltou à porta. Olhou de novo e outra vez não viu ninguém. Perguntou em voz alta quem era.

> Vanessa — Quem será? Que punição poderá ser? Ajude-me, Deus do céu!

A resposta foi outro toque na campainha. Levantei-me para ajudá-la quando o Arfa me parou.

> Arfa — É com ela, seu Jorge. Foi ela que arruinou minha missão. Cabe a ela ajeitar tudo.
> Vanessa — (aumentando a voz em direção à porta) Já vou abrir. Espera um instante. (Temia.)

Abriu a porta. Uma mão de homem bloqueou a reação dela de, instantaneamente, fechar a porta. Reconhecera quem chegou. Empalideceu.

Homem — Oi, anjinho gostoso. Estava com saudade. Não vejo você desde ontem. Lembra-se? Quando houve aquele incidente com o corno do seu marido.

Vanessa estava pálida e recuava. O homem entrou e fechou a porta. Aproximou-se dela. Ela não podia recuar mais. Encontrara uma parede com as costas. Foi alcançada pelo homem com facilidade. Eu e o Arfa reconhecemos o Colgate imediatamente. Ele não nos tinha visto ainda. Seus braços já estavam cercando a Vanessa contra a parede. Ela olhou para nós, súplice. Ele olhou também. Reconheceu-nos com um pavoroso esgar. Medo mesmo. Parti para cima dele. Nem se defendeu. Apanhava de mim e olhava para o Arfa.

Ele — Para, para. (Enquanto eu chutava e dava murros.) Quero ir embora. Vou embora. Deixem-me ir. Nunca mais volto!

Não disse uma palavra, nem o Arfa, que se aproximara deixando para mim a doce vingança. Eu batia, socava, chutava, enquanto o meu colossal amigo olhava de perto. Cansei de bater. Parei. O Colgate estava no chão. Abri a porta. O Arfa se incumbiu de pegar o cara e com muito poucos modos o lançou porta a fora. Em seguida tranquei o apartamento.

Vanessa — (pensando) Que Jorge é esse? Quanta violência para me defender. Depois ele diz que não me ama. Quanto conflito, quanta contradição no Jorge. É isso, isso é que me está incendiando toda. Todo o meu corpo e a minha cabeça em relação a ele.

Uma Vanessa ainda pálida e assustada nos levou de volta para a sala. Eu e o Arfa nos sentamos.

Vanessa — (se refazendo) Acho que vou passar um café.

O que ela queria mesmo era se movimentar para espantar o pânico.

Arfa — Pra mim tá bom; obrigado, dona Vanessa.
Vanessa — Ótimo. Café para todos, então.
Eu — Prefiro *scotch* se você tiver o Red Label.
Ela — Então, será *scotch* para o Jorge.

Foi para a cozinha preparar as bebidas. Enquanto o Arfa foi logo me dizendo que a missão já se vingara, até que rapidamente. Em outros casos demorava mais e vinha com outras punições. Enquanto isso, a Vanessa, que estava lá na cozinha, logo saiu com uma bandeja com a garrafa do Red, copos, um balde com pedras de gelo e os cafezinhos. Ah, e uma cuia com amendoins. Nos servimos. Pela primeira vez via a Vanessa também sentada. Em silêncio, começamos a bebericar. Sem saber o que dizer, o Arfa repetiu para ela o que me explicara sobre a vingança.

Arfa — Eu estava dizendo pro seu Jorge que a missão, uma vez interrompida, para. E por ter parado se vinga. Logo depois de ter sido interrompida. Pelo que eu saiba, a entrada daquele cara foi a vingança. Agora eles me mandarão a nova missão. Um dia ela aparece

	pra mim. Só que eu não sei quando. Agora minha sugestão: comportem-se. Acreditem um no outro. Ajudem a missão que eu não sei ainda como e quando será. A única coisa que sei é que a meta será a mesma. Dona Vanessa já está pronta. Falta o senhor, seu Jorge. O senhor vai ter que ajudar. Assim minha missão com vocês termina logo.
Eu	— Imagino. Eu voltar para Vanessa será a prova, né?
Vanessa	— Que prova?
Arfa	— Seu Jorge quer uma prova de que existe a missão e eu sou seu apóstolo. Agora tenho que ir. Vou fazer nossa mudança, seu Jorge. Se acerte com a dona Vanessa e busquem desde já o amor a dois, que vocês terão. O senhor só pode me ajudar e à minha missão ficando mais aqui. A mudança faço eu. Aqui está escrito o novo endereço. (Passou-me um cartão com um endereço. Era lá no Leblon.) Estarei lá lhe esperando. Mas não precisa ter pressa. Com o senhor presente aqui, a missão demorará menos a chegar e triunfará.

Levantou-se. Vanessa e eu também. O velho Arfa se despediu dela com um beijo no rosto (mais uma intimidade que eu não entendi ou gostei), de mim com um sorriso, e se foi. Ficamos eu e Vanessa. Fechei a porta. Fomos para sala. A alegria dela era contagiante. Nem deu bola para a mesa com seus objetos quebrados.

Vanessa	— Estou tão feliz, meu amor. A violência com que você me defendeu é por si só uma prova de amor.
Eu	(cheio de mim) — Não suporto aquele cara, o Colgate.
Vanessa	— Ele não importa. A fúria, sim. Ela é o sintoma. Ela mostra que você ainda me ama.
Eu	— Me dá uma trégua com esse negócio de amor.
Vanessa	— Como? Estou me sentindo uma donzela salva do dragão pelo seu príncipe encantado.

Ela, que estava sentada no sofá a meu lado, moveu-se e se encostou em mim. Sua mão subiu e começou a fazer carinho no meu pescoço. Quis reagir. Cheguei mesmo a pensar em me levantar. Nada disso aconteceu. Quem disse que eu fazia o que minha mente queria? O carinho estava gostoso. Ela se esticou. Colocou seu rosto junto ao meu e começou a me beijar, vagarosamente.

Vanessa	— Sabe, Jorge, a violência que você usou para me defender me molhou toda.
Eu	— Vamos parar com isso, Vanessa. Vamos fazer o que o Arfa disse. Vamos conversar sobre a missão dele. Ele é meu amigo. Não quero que logo comigo ele venha a não conseguir terminar seu trabalho. Apesar disso, vai ser muito difícil. Eu não quero, em mente sadia, voltar pra você.

Vanessa	— Ele chegou na hora. E veio com a sua maneira clara de ver as coisas.
Eu	— Vamos falar da missão dele. O que você sabe?
Vanessa	— Não sei nada. Só que ele me prometeu que voltaríamos. Mas como vamos conversar da missão do Celso, que envolve o amor entre nós, e não praticar? O amor vale mais quando é praticado.
Eu	— Só um pouco, Vanessa. Falar só um pouquinho.

Sua reação foi estranha. Concordou com a cabeça, enquanto sua mão delicadamente me encontrou sexualmente. Pronto. Olhou para mim e sorriu.

Vanessa	— Seu safadinho. Era isso que eu estava falando. Espera aqui. Toma o seu *scotch* que já volto.

Foi para o quarto. Caminhava entre nuvens. E apesar de toda a confusão causada pela intempestiva entrada do Colgate, continuava perfumada. Tomei uma outra dose do Red Label. A espera, àquela altura, foi longa. Mas o Johnnie era dos bons. Ajudou-me a esperar. De repente, suave e sensual, uma música vinda do quarto assomou a sala. A porta do quarto se abriu. Uns instantes se passaram. O mistério fazia de mim um ansioso. Mas, como na vida, tudo passa. Um dos seus maravilhosos pés começou a aparecer. Acima, uma das mãos e finalmente o rosto. Posição típica de *stripper* que começa um show. Mas a Vanessa não era uma dançarina e estava excitada. Não aguentou esperar. Após a pose inicial, entrou na sala. Estava descalça, inteiramente nua, e pasmei, uma fita de papel celofane, desses de amarrar presentes, dando um laço na cintura dela. Entendi logo. Será que era meu aniversário? Se fosse, ela queria ser o meu presente. De qualquer maneira, era um presentão. Pousei o copo com o *scotch*. Levantei-me. Ela vinha vagarosamente na minha direção. Eu me senti projetado na dela. As bocas se encontraram antes de tudo. Logo em seguida, o resto. Não sei se o choque nos fez cair ou nos jogamos no chão. Ela começou a trabalhar na minha roupa, ou melhor, a tirá-la. Claro que teve um pouco da minha ajuda. Fizemos sexo como se fora a primeira vez. O arroz com feijão dos jogos amorosos. Como sempre, chegamos juntos ao êxtase. Detalhe engraçado: tínhamos esquecido completamente de tirar as minhas cuecas, as calças, as meias e os sapatos. Eu fizera sexo com a Vanessa semivestido. Pelo menos tudo em cima da minha pele era novo. Até os sapatos eram novos. Aqueles comprados pelo Arfa naquela manhã. O mocassim que tanto gostara. Terminamos o ato, eu bufava. Ela pedindo para ser abraçada. Lembrei-me que depois de sexo as mulheres em geral gostam de ser abraçadas. Naquele caso, no entanto, foi gozado: ao abraçá-la, o papel celofane gemeu. Rimos. Tudo nos levava a um estado de espírito que há muito não sentia com ela, nem com nenhuma outra mulher ou comigo a sós. Era uma paz absoluta. Senti-me um vitral de igreja visto de dentro do templo, esbanjando amor e com muito sol por trás. Um pouco de uma cotia adormecida. Depois de finalmente despido de tudo, ajudei a Vanessa a rearrumar a sala e a mesa com porcelanas e vidros novos. Felizmente, quando nos chocamos, havíamos caído num pedaço da sala onde não havia cacos. Éramos nós dois nus, à vontade, é claro, fazendo serviços domésticos. Às vezes ela olhava para mim com óbvia felicidade no olhar. Outras vezes me pegava olhando para ela com carinho. Mas, apesar da nossa fome de sexo, Vanessa não abria mão do jantar à luz de velas. Principalmente porque, como me disse, a comida estava pronta e ela tinha feito tudo que eu gostava. Casa já arrumada e nós nus ainda, Vanessa pegou a minha mão e me levou para o quarto. Lá, mais uma vez foi e me levou aos céus. Foi aí que registrei. Essa coisa de um casal gozar ao mesmo tempo era algo além de qualquer sonho. Aí estava a diferença. O porquê de não nos esquecermos um do outro. Eu nunca tinha tido a glória de sentir isso com qualquer outra mulher. Vai ver que ela me queria também por isso. Quem sabe? Satisfeitos, descansados, mesa pronta e a sala arrumada, fomos tomar banho. Foi um troca-troca danado. Dei banho nela e ela em mim. Saímos frescos, banhados, limpos. Ainda bem. Houve um momento durante o banho que eu comecei a me excitar. Fingi que não era comigo. Eu estava passando o sabonete nas costas dela. Ela não percebeu. Só por isso pudemos sair da ducha sexualmente ilesos. Eu, na minha estúpida ignorância, queria tudo naquele instante, menos fazer amor outra vez. Por mais que eu me tivesse fisicamente manifestado a favor, conscientemente estava contra, pelo menos naquela hora. Colocamos nossas roupas. Ela vestiu um robe muito bonito, sério e tudo. Afinal, íamos comer. Ela foi para a cozinha não sem antes me pedir para acender as velas que resistiram ao ataque do álbum. Acesas, iluminaram-me versando mais uma dose de Red para mim. Ofereci a ela. Recusou. Ia tomar vinho. Trouxe a comida. Sempre fora ótima cozinheira, a Vanessa. Hoje, como nunca, lembrara-se de tudo o que eu gostava. A mesa estava repleta. Veio-me à cabeça, sem mais nem menos, a visão da minha primeira bandeja, lá na enfermaria. Lembrei até dos dois pedaços de torta de chocolate com recheio de chocolate. É, o jantar da Vanessa estava espetacular. Tomei do vinho também. Estava ótimo. Acabamos de jantar. Ajudei a recolher as coisas. Ela estava feliz se sentindo a própria dona de casa que satisfizera plenamente o conviva. Tudo recolhido, fomos para o sofá. Lá, como não tivesse acabado de jantar, ela começou a se insinuar para cima de mim. Eureca! Fugindo de mais sexo, lembrei-me: o Arfa estava me esperando. Era um argumento absoluto. Ela mesmo acedeu a ele. Vesti-me e, no fim botei o blazer que Arfa me comprou e onde guardava meu querido e velho amigo. Toquei nele para me certificar que ainda estava lá. Estava, pacífico e adormecido. Despedimo-nos aos beijos. Quase me esqueci que entre nós havia o passado. Fui ao encontro do Arfa. Peguei um táxi e dei o endereço ao motorista. Paramos lá. Não acreditei. Era um prédio que, juro, pensei ter criado o conceito do luxo. Não era possível. Aí me lembrei do Aurélio. Claro, era possível, sim, até muito barato para o Arfa. Saltei do táxi. Entrei naquela luxuosa *résidence*. Me dirigi à recepção. Apresentei-me e disse que o senhor Celso me aguardava. Cheio de reverências, o recepcionista me levou ao décimo quinto andar. No apartamento 1.501, tocou a campainha. O Arfa abriu a porta. Disse-me pra entrar sem o "seu" na frente do "Jorge". Queria se passar por meu amigo íntimo na frente do funcionário. "Sinta-se em casa." Deu uma bela gorjeta ao recepcionista.

Eu	— O que é isso, Arfa? Nem morar aqui eu mereceria. Para quê tudo isso? É um lugar fantástico.
Arfa	— Claro que o senhor mereceu! Seu sofrimento já pagou por tudo isso e mais. O senhor notou que é a cobertura? Tem varandas e tudo mais. Agora vamos ao que interessa. Estou ansioso. Me diz. Como é que foi o jantar à luz de velas com a dona Vanessa?
Eu	— Foi bom. A comida estava excelente.
Arfa	— Não foi isso que perguntei. Quero saber como foi tudo.
Eu	— Foi tudo bem, Arfa.

Arfa	— Para com isso, seu Jorge. Detalhes, preciso de detalhes para poder avaliar a missão.
Eu	— Tá bem, Arfa. Foi tudo maravilhoso.
Arfa	— Teve sexo? Sexo no duro mesmo?
Eu	— Teve. Foi bom.
Arfa	— Seu Jorge (Sua voz subiu de nível), vamos falar sério. Os detalhes. Quando sexo foi bom, nem sexo foi. Pra mim só importam os detalhes e o senhor não precisa ter vergonha de mim, não. Senão amanhã vou ter que perguntar à dona Vanessa. Ela vai me contar tudo. Todos os detalhes, sem faltar nenhum. Talvez até enfeitando um pouco. Ela acredita na missão.
Eu	— E ela conta? Para você? Por quê?
Arfa	— Porque somos amigos. Eu a salvei pro senhor. Salvei o senhor pra ela. Por que não acreditaria?
Eu	— Está bem. Não precisa perguntar a ela nada disso, não. Eu conto os detalhes. (Estava sem jeito.)

O Arfa se dirigiu ao sofá. Sentou. Melhor: espraiou-se totalmente à vontade, sempre olhando para mim.

Arfa	— Não repare, não. Ainda faltam alguns móveis que eles vão trazer amanhã. Amanhã o apartamento dará até para a gente receber a dona Vanessa. Pronto, agora conte.
Eu	— Eu falei, não falei, isso para mim foi sempre difícil.

Ele continuava aguardando. Então vamos lá. Nem me sentei. Foi uma verborragia só. Quase não respirei. Falei palavras. Não demonstrei nenhum sentimento. Não queria. Quando terminei, o Arfa sorriu. Faltou aplaudir. Levantou-se e me abraçou.

Arfa — Viu? Nem difícil foi. Apesar da rapidez com que o senhor contou, deu para eu perceber sentimento em cada um dos detalhes.

Eu — Não é possível, Arfa. Evitei completamente colocar qualquer tipo de sentimento no que contei.

Arfa — Mas será que o senhor sempre esquece? As minhas habilidades, seu Jorge? As desconhecidas? Com elas realizo coisas muito estranhas. Por exemplo, perceber os seus sentimentos a cada vírgula, quando o senhor fala de sexo com a dona Vanessa.

Eu — Mas assim me sinto nu na sua frente.

Arfa — Não faz mal. Não vejo sua nudez. Físico não me interessa. Bem, o senhor já jantou. Eu não. Vou pedir, tá?

Arfa foi ao telefone, pegou o fone. Parou. Olhou para mim como se pedisse socorro.

Arfa — O senhor pode me ajudar, seu Jorge? Não entendo nada de telefones de hotel. Tem tantas letras, parece até que para nos ensinar como telefonar. Finja que sou eu e peça a nossa

	refeição. Pedi a eles, na portaria, dois *belle meuniére* e outras coisas. Ah, pedi também para beber um bom vinho branco e que eles escolhessem. Mas não muda nada, não. Finja que o senhor vai comer comigo.
Eu	— Pode deixar, Arfa. Falo com eles. (Liguei para a recepção e mandei vir o jantar do 1.501. Fui muito bem-atendido e informado de que mandariam antes um garçom para preparar a mesa. Agradeci.) Já vão mandar, Arfa.
Arfa	— Brigado, seu Jorge. Ali no bar tem um Johnnie Red pra nós. O senhor quer, não quer?
Eu	— Claro, Arfa.

O Arfa se levantou e foi a um bar muito bem-abastecido que eu notara antes. Preparou dois copos com gelo e veio até mim com a garrafa. Servi-me e a ele. Mexi com o dedo o gelo no líquido do meu copo. O Arfa fez igual no copo dele. Começamos a beber, esperando pelo serviço de quarto. Nisso o telefone tocou. O Arfa se levantou e foi atender.

Arfa	— (ouve e responde:) Como vai? (ouve) Foi? Quer dizer que a senhora está feliz. (ouve por mais tempo) Que bom pra senhora. (ouve mais ainda) É, assim vai dar tudo certo. Ele está aqui. Quer falar com ele? Um minuto. (olha para mim) Dona Vanessa quer falar com o senhor.

Eu	— A Vanessa? Como ela sabe o telefone daqui?
Arfa	— Eu dei a ela.
Eu	— Por quê, Arfa?
Arfa	— A minha missão, se lembra, seu Jorge? A minha missão. Ela já se vingou. Agora eu tenho que realizá-la até o fim. Fazer vocês dois estarem juntos outra vez. Não vai atender? O senhor tem que atender.

Como dizer não ao Arfa? Levantei-me. Fui ao telefone. Juro, não sabia o que dizer. Mas fui falar com ela.

Eu	— Alô.

Ela perguntou como eu estava com o maior carinho. Chamando-me de meu amor e tudo. Até perguntou se eu estava feliz como ela estava. Respondi que não esperava aquele telefonema e ela estava me pegando despreparado para poder responder. Ela ficou surpresa com o "despreparado" e retrucou:

Vanessa	— Está feliz ou não está? É uma resposta simples.

O Arfa me olhava profundamente. Nesse instante, tocou a campainha do apartamento. Antes da minha resposta para ela o Arfa me pediu para atender a porta e pegou o telefone.

Arfa	— (respondeu como se tivesse ouvido a pergunta:) Felicíssimo, dona Vanessa. Felicíssimo. (ouve) Teve que atender a porta do apartamento a meu pedido. Logo ele liga pra senhora.

Enquanto abria a porta para o garçom, tentava compreender a conversa do Arfa ao telefone, que não me dizia nada. Só através das respostas do Arfa eu pretendia entender algo. Ele não dizia muito. Louco para saber o que estava acontecendo, logo que o garçom entrou, fechei a porta e me avizinhei do telefone.

Arfa	— Tá bem. Assim que puder ele liga ou vai até aí, tá bom? Então, até já.
Eu	— O que você está fazendo, Arfa? Está me comprometendo?
Arfa	— Não, seu Jorge. Estou cimentando o amor entre vocês. Eliminando o passado que vocês viveram. Ele não foi nada bom. Nem pro senhor, nem pra ela.

O garçom terminou de preparar a mesa. Veio e nos comunicou o óbvio. O Arfa não se abalou. Botou a mão no bolso e deu, como sempre, uma gorjeta para quem nos tinha servido. O garçom se foi cheio de mesuras, coisas do Arfa.

Eu	— O que você disse para ela?
Arfa	— Que logo depois que jantássemos o senhor voltaria para ela ou ligaria.
Eu	— Você está louco, Arfa? Para de responder por mim, por favor!
Arfa	— Nada é mais importante do que o meu trabalho. Nem o senhor nem dona Vanessa. Só juntá-los é importante, está claro? Agora vamos jantar. (olhando pra mesa) Ué, onde está a comida?
Eu	— Aquele era o primeiro garçom. Veio só para arrumar a mesa. A comida chegará depois, com um outro garçom.

Meu revólver era velho

Arfa	— Então por que eu dei gorjeta?
Eu	— (irritado) Você sempre dá. Nunca se importou com isso. Vai se importar agora?
Arfa	— Claro que não. Por falar nisso, o senhor vai lá, não vai? Ela está esperando. Me disse até que o senhor já tinha jantado lá com ela e que não vai obrigar o senhor a jantar de novo, não.
Eu	— Sei bem o que ela quer.
Arfa	— Tomara. Esse outro encontro vai acelerar ainda mais tudo o que eu quero.
Eu	— E quem disse que eu vou?
Arfa	— Eu digo. Seu Jorge, o senhor tem que ir. A missão não pode falhar. Não posso falhar. Eu já botei o sêmen missionário na dona Vanessa.
Eu	— (fora de mim) Sêmen? Que sêmen é esse, Arfa?
Arfa	— O da missão, seu Jorge. Não se esqueça. Sou só o obreiro. O sêmen é o da missão. A partir daquele momento, dona Vanessa não quis e nem quer nenhum homem além do senhor. Quer ser feliz só com o senhor.
Eu	— E que momento foi esse?
Arfa	— O senhor estava separado dela. A missão me mandou começar por ela. Aí, eu introduzi o sêmen nela. Após aquele, só serviria o seu.
Eu	— (Perguntei com medo:) Introduziu como?

Arfa	— O senhor sabe, seu Jorge. Da chamada forma bíblica.
Eu	— Arfa (Levantei-me, gritei firme e alto.), você fez isso, seu canalha filho da puta? Fez isso comigo? Você, meu amigo? Sabe, Arfa, você é no fundo um grande filho da puta!
Arfa	— Viu, seu Jorge, com essa reação o senhor só demonstra que a missão está vencendo suas resistências iniciais. Quando eu estive com dona Vanessa, ela pensou que eu fosse o senhor. A missão não abre mão. Nesses casos a missão não joga. Pra todos os efeitos eu era o senhor. E sabe o que ela dizia? "Quero você para sempre, Jorge. Só você." Ela olhava pra mim e via o senhor. Pensava que eu era o senhor. Só o senhor.
Eu	— É, Arfa, somos muito parecidos. Ou você usou de alguma mágica desconhecida por nós? A Vanessa eu não diria. Mas eu fui sua vítima e você, meu algoz, ainda se diz meu amigo.
Arfa	— Não, seu Jorge. O senhor não entende ou não quer entender. Ela recebia o seu sêmen porque só queria que fosse o seu. Esse era o propósito do meu trabalho aqui. O senhor sabe. Os dois juntos para sempre. Juntar duas almas que se sentiam miseráveis. Pra isso ela precisava receber sua semente pra sempre e enquanto isso eu tinha que impedir o senhor de se matar.

Ouvia tudo isso e não acreditava. Estava com raiva. Toca a campainha. O segundo garçom chega com a comida. Educadíssimo. Pelo visto já se espalhara pela *résidence* o boato do gorjeteiro que era o Arfa.

Garçom	— Estou pronto para servir. Os senhores não querem se acomodar?
Arfa	— Onde você prefere, Jorge?
Eu	— Eu já... (Fui interrompido por ele.)
Arfa	— Tá bem, sente-se aí. Eu fico aqui.

Não disse nada. Sentei-me. O garçom serviu. Abriu uma garrafa de vinho que devia ser caríssima. Passou a rolha para o Arfa, que com sua manopla me indicou. O garçom me passou a rolha. Cheirei. Aprovei. Com um simpático sorriso o garçom versou o líquido nos dois copos. Aguardou. O Arfa apontou para uma cômoda que tinha ali ao lado da mesa. Era uma nota de R$100,00.

Arfa	— Leva pra você. Seu serviço foi muito bom.

O garçom, quase bêbado de felicidade, agradeceu e se retirou. Não sem antes fazer mil mesuras. Era o efeito Arfa de sempre. Finalmente o empregado do hotel *résidence*, fechando a porta com todo o cuidado, foi-se.

Arfa	— Vamos comer, seu Jorge.
Eu	— Eu lá quero saber de comer. Você e sua missão acabaram em fracasso. Acabaram com a minha vida e além de tudo você sabe que eu jamais

	voltarei para ela. E ainda por cima, agora, você quer que eu jante. Já jantei, porra!
Arfa	— Comece a comer que o seu apetite volta. (Levantei explosivo.)
Eu	— Volta como? Eu não quero porra nenhuma. E me explica como é que a merda da tua missão, ou você, vão fazer com que eu esqueça por tudo que eu passei. Por acaso a magia de vocês vai apagar minha memória? Vai me fazer esquecer de todas as traições da Vanessa? Inclusive com você?
Arfa	— Senta e come, seu Jorge! (firme) O apetite volta como se o senhor não tivesse jantado.
Eu	— Mas eu não quero jantar!

Ainda assim, quase misticamente, obedeci. Não sei por quê. Sempre fazia o que o Arfa mandava. Sentei-me numa cadeira na cabeceira de uma mesa para seis. Na outra cabeceira, o Arfa. As cadeiras eram meras testemunhas.

Eu	— Não quero comer, mas queria uma explicação sobre aquele dinheirão que você tem lá com o Aurélio.
Arfa	— (incisivo) Acho melhor o senhor começar. Podemos conversar, comendo e sentados. É melhor. Pra começar, aquele dinheirão não é meu. É nosso. Está lá pra pagar nossas despesas e poder dar algo pra gente, como, por exemplo, o senhor recomeçar sua vida.

Não deu. Digo, não deu para conversar. Nem ouvi direito o esclarecimento do Arfa. Acuado pela voz do barítono, comecei a comer. Incrível! Após a primeira garfada não acreditei. Parecia que eu não comia há vários anos. Deveria ser algo de um dos poderes não conhecidos do Arfa. Comi feito um louco, além do peixe, que veio com batatas, comi todo o pão, manteiga, patê, azeitonas. Tudo o que veio para mim e para o Arfa. Ele nem comeu o peixe inteiro. Falava. Explicava-me. Não ouvia, eu comia. Chegou a me oferecer o que sobrou do seu peixe. Fiz um esforço danado para recusar. Recusei! Caí na sobremesa que estava ao nosso lado, coberta. Eram tortas de chocolate. Ataquei. O Arfa nem tocou na dele. Esticou para mim. Não titubeei, comi a dele também. Nesse instante, tocam a campainha. Achei ótimo. Nem me interessava mais com as explicações sobre o dinheiro. Até esqueci o que ele disse. Queria porque queria me afastar daquela mesa. Fui atender. Abro a porta. Surpresa! Aliás, não podia ter uma surpresa maior. Ali, parada, estava a Vanessa. Eu, estático, não sabia o que dizer. Com a mão na maçaneta esperava alguma ideia me luminar para falar algo. O Arfa me salvou outra vez.

Arfa — Entre, dona Vanessa. (Ela entrou olhando para mim.)

Vanessa — (doce e para mim) Estava lá em casa esperando por você. Mas a demora foi grande, amorzinho. Então, resolvi vir. Não aguentava mais esperar.

Arfa — Dona Vanessa, que honra. Não esperava pela sua visita assim tão cedo. No dia da nossa mudança.

Eu — É. O que você veio fazer aqui? Quem lhe deu esse endereço?

Arfa	— Fui eu, seu Jorge. Ela deveria saber onde o senhor se encontrava. Nunca se sabe, né?
Eu	— Não se sabe o quê?
Arfa	— O que vocês podem querer fazer.
Vanessa	— Precisamente, Arfa. O que poderemos querer fazer, Jorge?
Arfa	— Eu estava mesmo de saída. Tenho um compromisso. Só devo voltar lá pro meio-dia amanhã.
Vanessa	— Ótimo, Celso. Podemos ficar aqui? Não vamos incomodar?
Eu	— (sarcástico) Ele vai dizer que não. Não é, Arfa?
Arfa	— Pra mim tanto faz "Celso" ou "Arfa". (respondendo à Vanessa como se eu não estivesse lá) Não vão incomodar nem um pouco, vocês ficarem aqui juntos. Tem tudo a ver com o meu trabalho. Os dois sabem disso. A única coisa que importa pra mim é reunir vocês pra sempre.
Eu	— Quer dizer que eu não conto? Sou só uma das partes da missão? Por falar nisso, Arfa, você ainda não me respondeu. E como fica essa questão das minhas memórias?
Vanessa	— Que questão de memórias é essa?
Eu	— As minhas, Vanessa. Minhas memórias sobre os seus pecados. Como será possível esquecer tudo o que sofri?

Vanessa	— Jorge, vou te dar tanto amor! Um amor tão total que você se esquecerá dos meus erros.
Eu	— Quero saber dele. Você aguarda! Fala, Arfa!
Arfa	— Seu Jorge, isso de passado: suas memórias sobre os errinhos da dona Vanessa é o senhor e ela que vão ter que lidar com essas coisas. A missão não tem nada com isso.
Eu	— Quer dizer que a tão propalada missão não passa de uma missãozinha? Uma de merda. Ou o merda é você, o seu apóstolo ou obreiro ou sei lá o quê?
Arfa	— Não fale assim comigo, não, seu Jorge. Não mereço. Sou seu amigo. Não tenho culpa se a missão não cobre isso de passado. Não prevê cura para as suas memórias. Sabe, seu Jorge, eu tenho alma! Não uma, mas algumas. Umas boas e outras almas bem ruins. É bom o senhor saber. Até agora o senhor só conheceu as boas. Mas não me trate mal, não. Senão o senhor vai conhecer as outras.
Vanessa	— Jorge, para com isso. Sou eu quem vai tratar das suas memórias. Nosso passado vai inexistir. Vou curar você completamente.
Eu	— Você ou alguém pode me dizer que história é essa do Arfa ter almas, boas e ruins? Como se cura memórias que

	machucam sempre, todo o instante? Que sangram a minha única alma? Que fazem uma pessoa querer se matar?
Arfa	— Ah, essa não! Isso eu não permiti. Uma das minhas almas boas interveio.

Nesse instante, tocou a campainha. Pensei que fosse o garçom para buscar as louças e as travessas do jantar. Abro a porta. Não era. Quem entrou foi a Maninha. Dessa vez sem as flores.

Maninha	—Boa noite, pessoal. Como você está, Jorge? Já encontrou a torta? (ri) E você, Celso, sempre bem, né? (Deu um beijo na boca dele.) E você, Vanessa, tudo bem?
Arfa	— (sempre sentado como um paxá) Ainda bem que você veio, Maninha. Você, que já passou por isso, explica pro seu Jorge o que fazer pra eliminar as memórias que o machucam. As memórias que ele tem das traições da dona Vanessa.
Eu	— Um instante. Peraí. (para Vanessa) Você já conhecia a Maninha?
Vanessa	— O Celso nos apresentou.

Estava parecendo tudo uma grande farsa. As traições da Vanessa tinham se tornado um assunto familiar, ou melhor, grupal. O paxá de várias almas, sentado, sorrindo e movendo seus marionetes (eu inclusive). Ele ordenava. Sorria. Nem se movia.

Arfa — Vamos, Maninha, explique ao seu Jorge.

Maninha — Bem, a coisa funciona assim: só tem uma cura, Jorge. A pessoa do seu passado que machuca claro que é a Vanessa. Ela tem que lhe dar muito amor. Afogar você no amor dela. Ela tem que ser incansável em fazer amor com você e demonstrar seu amor por você. (para a minha ex) Vanessa, tudo depende de você. Nós sabemos que a missão a preparou para isso. É só amar o Jorge com tudo. Com todo o seu corpo, mas, além disso, com o amor do coração também. Fazer dele o único. Aí a memória do Jorge será para ele suportável e, no fim, o passado não existirá mais. É ou não é fácil? (acrescenta:) Comigo foi assim. Bem simples. O Celso foi maravilhoso comigo ao me ensinar. Até quando fizemos sexo antes de eu voltar para o meu Paulo. (Lembrei-me do beijo na boca que ela dera no Arfa ao chegar.)

Senti como se fosse um soco no peito. Minha garganta deu um nó. Olhei rapidamente para o Arfa e para a Vanessa. Ele pela primeira vez não sorria. Ela me olhava com horror. Eu ardia de raiva. Então era isso. O Arfa comera minha mulher; aliás, minha ex-mulher. E não tinha nada disso de Vanessa pensar que era eu. Eles sabiam exatamente o que estavam fazendo.

Eu	— Arfa, quer me explicar alguma coisa? Ou você prefere dizer alguma coisa antes, Vanessa?
Vanessa	— Não sei o que dizer, Jorge. O Arfa, ou melhor, o Celso me disse que depois de eu me deitar com ele, só iria querer você. Isso faria você me aceitar de volta. E é verdade, Jorge. Não quero nenhum outro homem. Só você.
Eu	— Sua vaca! (horror na pequena plateia) Você é a mesma cadela de sempre. (Viro-me para a cara séria do Arfa.) E o senhor, Celso? Tem algo a dizer?
Arfa	— Dizer o quê? As minhas missões foram um sucesso. Deitei com duas mulheres para alcançar um final perfeito para as minhas missões. (Vanessa cai no choro.) Não posso querer nada de melhor. A perfeição.
Eu	— Perfeição? (grita) Você chama isso de perfeito, seu grande e mentiroso filho da puta? Por que você tinha que mentir para mim? Sempre fomos amigos ou isso também foi uma grande mentira?
Arfa	— (sempre impávido) O que é mentira, seu Jorge? A verdade por acaso é melhor que a mentira? Muitas vezes a mentira é muito melhor. Nossa amizade, por exemplo, claro que foi uma grande mentira. Só que ela serviu ao melhor dos meus propósitos, pro nosso bem. Uma boa mentira,

seu Jorge, pode, muitas vezes, ser melhor que a mais santa das verdades. A verdade pura e simples condena ou absolve, não tem meio-termo. Já a boa mentira pode amenizar, pode curar, pode salvar a alma e o corpo. Pode salvar vidas que sofrem sem esperança. Mandei a Maninha ao 301, salvei a sua vida e ainda o trouxe para mim. Com uma boa mentirinha fiz dona Vanessa crer que poderia se redimir e querer só o senhor. Ela se redimiu e quer só o senhor. Vai me dizer que não valeu a mentira? Pra ela valeu. Pro senhor está valendo e valerá pra sempre. Do que sou culpado? Escolher a mentira e não a verdade? A escolha, melhor dizendo, as escolhas a cada passo foram perfeitas. Ou o senhor acha que não?

Eu — Caramba, Arfa. Que discurso foi esse? Baboseira? Filosofia? Estou impressionado. (Realmente estava.) E eu, o centro disso tudo, né, Arfa? Eu, Vanessa e a Maninha, personagens das suas mentirinhas. Você ou suas almas poderiam querer melhor? E no final quem vai sofrer o meu passado, as minhas memórias sobre ele, sou eu. Eu é que vou ter que resolver a vida que vivia e estou vivendo. Não é, Arfa? (virando-me para Vanessa que chorava, gritando) Engole esse choro, Vanessa! Você apenas trepou com outro. Nada que você não fizera

	antes. A vidinha de sempre. Nada mudou para você.
Vanessa	— Jorge, será que você não entende? Posso ter errado a trilha para a qual fui impelida. Mas o que eu buscava era você. Continuo querendo só você.
Eu	— Mas caiu na primeira cantada que levou enquanto trilhava, não é?
Vanessa	— Mas não foi minha intenção... (Interrompo.)
Eu	— (berro) Cala a boca! (Ela se assusta.)
Arfa	— Não grita com ela, não! (Furioso, levanta-se, suas feições eram ameaçadoras.)
Eu	— Grito com quem quiser, seu puto mentiroso.
Arfa	— (aproxima-se gritando mais alto) Aqui só quem grita sou eu!

A campainha tocou. Entreolhamo-nos. Maninha pediu licença ao Arfa e abriu. Era o garçom dos R$100,00. Pediu desculpas caso tivesse chegado numa hora ruim (claro, tinha ouvido o grito do Arfa). Com as feições assustadas por aquele grito, entrou com o carrinho para recolher os pratos sujos do jantar etc.

Arfa	— (como se nada tivesse ocorrido) Fique à vontade, jovem. Faça o seu trabalho. (para mim) Quer um charuto, Jorge?

Não só eu, mas todos os outros presentes naquela sala, de alguma forma se chocaram com aquela súbita e apaziguadora atitude do Arfa.

Arfa — Vamos aproveitar a presença do nosso querido garçom aqui. Alguém quer alguma coisa da cozinha? Não? Pra beber eu e o Jorge temos um bar muito bom. Cheio de coisas boas. Não? (silêncio total) Ninguém quer nada? (para o garçom) Jovem, você poderia servir quatro Johnny Walker vermelho com gelo para nós?

O garçom, já sob a área de influência (desde os R$100,00 e talvez do grito também) do Arfa, projetou-se ao bar e tratou de atender o pedido. A Vanessa já tinha enxugado as lágrimas. Maninha estava sentada fumando um cigarro e parecia tranquila. Esperava. O quê, não sei. No momento que olhei, estava colocando na bolsa um lencinho que provavelmente emprestara à Vanessa. O garçom finalmente serviu os quatro copos do *scotch*, acabou de recolher o material do jantar e foi embora.

Arfa — (continuando a atuar) Agora que tudo está resolvido, vamos brindar, amigos, que eu tenho um compromisso. Estou de saída.

Brindamos sabendo que nada estava resolvido. Mas a voz de barítono era mais forte que nossas vontades. Pelo menos do que a minha. Bebemos. Os quatro juntos.

Arfa — Tenho que ir agora, seu Jorge. Maninha, será que você me acompanharia?

Maninha — Claro, Celso. (levantando-se) Estou prontinha.

Arfa	— Seu Jorge, conforme o combinado, você e a dona Vanessa me esperam aqui. Volto amanhã.
Arfa	— (pra Maninha) Então vamos. Boa noite, dona Vanessa, e pro senhor, seu Jorge. Divirtam-se.

Maninha se despediu também e como duendes alados sumiram. Vanessa e eu ficamos. Já estava me acostumando com os "divirtam-se" do Arfa. Mas como se nada tivesse acontecido, estávamos lá, a sós, conforme ele imaginara. Eu continuava a bebericar pensando e pensando comigo mesmo sobre o meu próprio destino. Vanessa pousara seu copo numa mesinha lateral à sua poltrona. Olhava-me. De novo, eu não sabia o que fazer. Menor ideia ainda do que falar. Depois daquela inimaginável confusão de ideias, de palavras, de atitudes, de vontades, de gritos, de ignóbeis explicações, de mentiras e, a duras penas, de verdades recém-descobertas, eu me encontrava aparvalhado. Vanessa não. Ela femininamente aguardava. Suas pernas cruzadas demonstravam uma fineza rara, quase nobre. Elegantíssima e, nem deveria dizer de novo, bela e, pela proximidade eu percebia, perfumadíssima. O que dizer, eu que já tinha dito tudo? Ofendido à exaustão. E ela continuava ali, como um troféu a ser colhido. A ser colhida como se fosse uma flor, o que ela de forma alguma era. Sempre imaginei flor como alguma coisa pura, e não só bela. Aí sim, enquanto pura, bela. O que imaginar da Vanessa?

Vanessa	— (pensando) Digo ou não digo? O Jorge está tão estressado. Mas eu acho que tenho que avisar a ele. Mas aí ele vem cheio de perguntas. Conheço ele. Vai querer saber de detalhes que eu não faço a menor ideia.

Então, contar para quê? Mas, se ele descobrir depois que eu sabia e não disse nada a ele, aí vai ser duro. Ele nunca me perdoará. É melhor contar logo.

Vanessa — Jorge, o que faremos? Você acredita em mim, não acredita? De tudo pelo que passei para ter você de novo? Ao pecar, Jorge, depurei-me. Tornei-me pura para você. E acredite, hoje e no futuro, o único homem que eu quero ou hei de querer é você.

Eu — Podemos ficar calados por algum tempo? Eu não sei o que dizer ou fazer. Preciso pensar. (Sentei-me numa poltrona, ou melhor, deixei-me cair numa, próxima à dela.)

Ficamos ali, calados. Nada dizíamos. Nada fazíamos. Eu, do meu lado, estava exausto. A soma de todas as coisas vividas por mim, por nós, naquela noite me tinham exaurido. Agora fazer o quê? Ela estava sentava ao meu lado esperando. Faria qualquer coisa para mim, para ela, por mim, por ela; em suma, por nós. Mas será que eu queria alguma coisa para mim ou para ela? Não sabia nada. Quem me dera saber. Acabei meu *scotch*. Suspirei. Virei-me para vê-la. Olhava-me, vazava-me com seus olhos absurdamente verdes e, naquele instante, inquisidores. Senti calor. Peguei sua mão. Quase não percebi meu gesto. Quando isso aconteceu, já tinha sua mão dentro da minha. Apertava aqueles dedos, unhas perfeitas e, dada a proximidade, senti o aroma do perfume sensual. Era demais para mim. Repito mais uma vez: não sabia o que fazer. Mas aquela minha já franzina resistência nada poderia fazer contra a doce agressividade dela. Levantou-se e, com nossas mãos atadas pelo misto de seu amor e do meu ódio, tomou uma decisão.

Vanessa	— Jorge, me desculpa, mas eu tenho que dizer uma coisa. Não tenho a menor ideia do que vai ser. Mas o Celso me disse que a missão vai se vingar outra vez. Só que agora vai punir você.
Eu	— Punir-me? E por quê?
Vanessa	— Porque você interferiu na vingança que a missão preparou para mim. Lembra-se, o Flávio.

Fiquei olhando para ela. Nada havia o que dizer. Ela temia, mas esperava que eu não dissesse nada. O hiato entre nossas vozes me ensurdeceu.

Vanessa	— Vamos descansar, Jorge. (Fez-me levantar.) Qual é o seu quarto?
Eu	— (Demorei a responder.) Nem sei, desde que cheguei não saí desta sala.
Vanessa	— Fica aqui descansando que eu vou ver.

Vanessa foi explorar o apartamento. Fui ao bar e me servi de mais *scotch*. Tomei um gole. Que punição seria essa? Depois de tudo que passei, eu ainda seria punido? Ela voltou como se nada tivesse dito ou fosse acontecer. Parecia uma menina travessa.

Vanessa	— Jorge. Este apartamento é um luxo só. Além desta sala, há duas suítes. Os móveis são chiquérrimos. Deixei minha bolsa no da esquerda. Será o nosso. Vamos descansar?

Eu	— Vanessa, você disse "descansar", não foi? Eu estou muito cansado. Preciso descansar mesmo.
Vanessa	— Claro, Jorge. Por sinal estou cansadíssima.

Deixei o copo no bar. Fomos. Ela acendeu as luzes. O quarto realmente era luxuoso. Tirei meus sapatos e me deitei completamente vestido. Ela apagou a luz do quarto para eu poder descansar. Foi ao banheiro prometendo voltar logo para repousar comigo. Não acreditei em nada do que ela disse, mas não adiantava me opor a nada do que ela fizesse. Quando saiu, levantei-me, apalpei o volume que fazia o meu velho amigo e coloquei o blazer no cabideiro perto da cama. Voltei a me deitar. Tentei descansar. Mas meus pensamentos não se apartavam das minhas memórias com a Vanessa, as boas e as ruins. O nosso passado. O pré e pós-separação. Existiria um futuro? Algum? Talvez o senhor Celso soubesse (irônico). E a punição. Qual seria a tal punição? Eu não tinha a menor ideia, aliás, nunca tinha. Jamais sabia coisa alguma sobre mim. Para saber, alguém tinha que me informar. Eu era mesmo uma besta. Ouço um ruído vindo do banheiro. Era ela que voltava. Tinha deixado a luz do banheiro acesa. Óbvio. Vanessa não tinha a menor intenção de repousar. Ela agora era uma missionária. Sua missão era eu. Aquela do amor total. Estava inteiramente nua. Sua intenção, entretanto, fora a nudez, não estava sequer sendo sugerida. Deitou-se ao meu lado. Nem se encostou em mim. Estava imóvel. Parecia uma outra Vanessa. Só faltava o hábito para se tornar santa. Ficamos lá deitados. Eu vestido e ela como uma Eva adormecida no Paraíso antes da maçã. Devagar, muito devagar, percebi sons. O nosso respirar. O de cada um, já que estavam fora de compasso. O dela mais ritmado e mais rápido. Virei um pouco minha cabeça para ela. Nua, deitara-se entre meu olhar e a luz que saía do banheiro. Caramba, ela estava com uma mão entre as pernas e movimentando, ainda que levemente, os quadris. Olhei calado. Para ser honesto, assisti.

Via e cada vez me excitava mais. Porém, resistia. Ela começou a fazer sons. Voltei com a cabeça para a posição original, olhando o teto. Ela aumentava os ruídos e se movia mais.

Resolvi fingir que dormia. Virei para o outro lado. Ela agora gemia. Gemia e dizia "Jorge, Jorge..." e repetiu até seu êxtase o meu nome. Isso me agradou, acariciou meu sofrido ego. Mas resisti. Até me esqueci da punição. De repente sinto sua mão úmida e quente procurar a minha boca. Forçou os meus lábios. Encostou seu corpo em mim. A outra mão tocou por cima de meu corpo, as minhas pernas. Melhor ainda, entre elas. Reagi ao mesmo tempo que me assustava. Afinal, eu estava na prática sendo sexualmente assaltado e nem boca tinha para dizer alguma coisa. Ela subiu em cima do meu corpo e continuava a dizer "Jorge, Jorge, Jorge...". Começou a arrancar a minha camisa. Com pressa e cada vez mais repetindo "Jorge, Jorge, Jorge...". Tirou a mão da minha boca e começou a querer me beijar. Aí passou a ter as duas mãos para me dilacerar por inteiro. Foi quando explodi de vontade também. Ela rasgava a minha camisa. Eu queria. Pior, repeti feito um papagaio "Vanessa, Vanessa, Vanessa, Vanessa...". Estávamos naquele instante no lusco-fusco do quarto, loucos e sexualmente imersos na busca do prazer, quando o impossível aconteceu. As luzes do quarto foram acesas. O choque foi total. Tão inesperado quanto absurdo. Olhei para a porta do quarto que dava para o corredor. Já adentrado e cobrindo a porta pelo interior dela, estava aquele imenso corpo do colossal Arfa. Se entrevia, quase escondido, o corpo pequeno de uma mulher, quase moça, a Maninha sem as flores.

Arfa — Sou eu, seu amigo e também sua punição. A Vanessa lhe disse, não disse. Quero também! (com o rosto de um fauno feroz)

Vanessa, que nua estava sobre mim, girou o corpo para a sua posição lateral à minha, original de quando se autossatisfazia. Sorria e sem nenhum pudor se entregava àqueles dois pares de olhos que a analisavam com um insuspeito e repugnante desejo. Horrorizei-me com o pensamento de que estávamos sofrendo um infernal complô sexual. Minha primeira reação foi de tentar proteger a Vanessa. Peguei uma colcha e a joguei em cima dela. A reação dela foi incrivelmente pior do que eu, escandalizado, poderia imaginar. Jogou a colcha para fora da cama. Exibiu o corpo.

Vanessa	— Vem. Vamos continuar, Jorge.
Eu	— Mas eles estão aí.
Vanessa	— Não faz mal. É até melhor.
Eu	— Você está louca, Vanessa?

Depois dessa reação da minha ex, com uma raiva assassina que se apoderara de mim e odiando toda aquela ignóbil situação, seminu, pulei da cama em direção ao Arfa sem me lembrar que eu não era páreo para ele. Tentei interromper seus passos que dirigiam aquele imenso corpo em direção à cama. Ele me encarou com as feições completamente distorcidas por um ilimitado desejo animal.

Arfa	— (pra mim) O que é? Não vai querer também, seu Jorge? Aproveite sua punição.
Eu	— Claro que não, seu escroto!

Ele me atingiu com um murro na cara que me derrubou. Fui de encontro a qualquer coisa dura, uma mesinha talvez.

Entrei em processo de desmaio, mas não apaguei totalmente. Via ainda luzes fora de foco e sombras, estas inteiramente focadas. Os ruídos mistos, grossos ou finos, eu nem chegava a identificar. Aos poucos melhorei, realizei a situação. Eram vozes. Tentei me levantar. Procurei um apoio. Talvez a mesma mesinha. Apoei-me nela. Com dificuldade, levantei-me. Ao me levantar, vi: uma cama, dois corpos brancos de mulheres nuas e o colosso negro nu, que eu pensara ser meu amigo, penetrando com todo o vigor a minha ex. Eles rugiam como animais o próprio prazer. Enquanto que Maninha, olhando, masturbava-se. Sofri. Doeu como se eu ainda amasse a Vanessa. Talvez mais ainda. Quem é que sabia? Algo de sinistro começou a crescer dentro de mim. Eu estava sobrando e sempre sobraria. Não como partícipe daquela orgia. Não. Eu conseguia sobrar de mim mesmo. Só no mundo. Absolutamente só. O algo sinistro se materializou na minha consciência. Onde estava o meu velho amigo? Lembrei onde ele estava: no blazer! No cabideiro perto da cama, no tétrico caminho que me propunha percorrer. Como se estivesse inteiramente bêbado, trôpego de dor, dirigi-me ao cabideiro. Peguei minha arma. No calor da festa grupal que acontecia na cama, ninguém notou que, mesmo tropeçando nos próprios pés, eu me aproximava da cama, e armado. Não tenho desculpas. Estava inteiramente consciente apesar de fingir não estar. Pronto. Com meu amigo na mão fiquei bom! Não precisava mais fingir. Estava armado e queria vingança por tudo e contra todos. Cheguei lá. Como antes, tudo estava no auge, a festa toda. Ninguém me notara. E por que notariam alguém como eu? Não valia nada, mas me vingaria. Aí sim, seria alguém, ou melhor que alguém, seria um anjo exterminador. Exterminaria! Olhando o que acontecia, agora sem nenhuma pressa a não ser a vontade de me vingar e com o meu velho revólver na mão, aproximei-me. Cheguei ao lado da cama. Com cuidado, mirei e esperei. Esperei que o colossal corpo do Arfa começasse a entrar em orgasmo, queria roubar isso dele. Ninguém me via. Preocupados que estavam com o prazer. Sentia-me invisível e com mais raiva ainda. Esperei mais um pouco. Então o que parecia que ia demorar muito começou a chegar. Ele e Vanessa urravam. Aí sim: mira feita, revólver engatilhado, apertei o velho gatilho, que com a força da minha raiva cedeu logo. O tiro veio. Não o do Arfa, mas o do meu velho revólver. Ele me olhou com surpresa quando eu dei o segundo tiro. O obreiro se fora. O executor da missão. Mas mesmo com as duas balas no corpo ainda tentou pular em mim. Não se fora ainda. Levou o terceiro tiro no meio da cara. Agora foi, finalmente, o fim dele. Seu corpo colossal caiu morto em cima das duas mulheres, prendendo com seu peso ambas sobre a cama. Elas me olharam com terror nos rostos. O de Maninha, normal como uma mulher comum, foi aquele que o cano apontou primeiro. Olhava para mim aterrorizada e seu dedo ainda no mesmo lugar da masturbação que fazia quando estancada pelo pavor. Atirei. Ela ficou ali mesmo, como disse, presa pelo enorme peso do corpo colossal do meu ex-amigo, agora morto. Vanessa, como sempre linda, agora despenteada, suada e terrificada, tentou esboçar algo parecido com um pedido de perdão, de súplica. Não permiti. Sua magia sobre mim terminara. Ela recebeu o projétil que destinei a ela entre os olhos. Não merecia, mas infelizmente, morreu rápido, no ato. Foi quando me deparei com a realidade. Isso sim era uma solidão morta. Éramos eu e três cadáveres. Eu sentia a solidão e os membros que perfizeram a missão, os três e a própria, exterminados. Nem me passou pela cabeça naquele momento a famosa pergunta: "O que fazer agora?" Só momentos depois, já cansado daquelas companhias mortas, a questão se colocou na minha cabeça. Já que o sangue era tanto, nem me interessava ficar ali. Não queria. Se tivessem ouvido lá na *résidence*, em alguns minutos teria gente na porta. Como escapar da culpa que nem de leve eu sentia? Não sentia culpa alguma. Coloquei o revólver no bolso da calça com que me deitara junto à Vanessa e que com a interrupção do Arfa não tivera tempo de tirar. Não precisaria mais da arma. O meu passado tinha ido para o necrotério onde aqueles cadáveres estariam em algum tempo. Fui até a sala e tranquei a porta o mais que pude. Até a cômoda coloquei encostada nela. A porta que dava para o resto do hotel estava quase que selada. Isso me deu uma segurança boba. Não ouvi nenhum ruído que viesse de fora. Mas também, naquele mundo de trevas para alguns e desesperança para quase todos os outros, de que adiantaria eu ter medo de ruídos? Sempre teria ainda o talonário do Aurélio no bolso da calça. Fui ao banheiro lavar o sangue que respingara na minha cara durante a matança. Passo pelos cadáveres. Nem olho para eles. Entro. Logo à minha direita, vi quando entrei um espelho enorme. Percebi no meu rosto pequenas flores silvestres que de fato eram os espirros de sangue que me salpicaram daqueles três que matara. O espelho era limpo, brilhante, imenso, atraente e exercia atração. Gostei dele. Tão diferente do espelho mirrado e rachado do cubículo, conhecido também como apartamento 301. Lembrei do meu passado que não existia mais. Já cadáver, ele também. De repente vi no meu rosto aquele ricto, esse sim eu não esquecera. Era feio e começou a querer trazer de volta tudo pelo que passei. O telefone lá da sala toca. Os outros dois nos dois quartos tocaram também. Parecia uma orquestra formada de telefones. O som geral era pior que os gemidos e gritos reunidos da enfermaria sete. Quis que eles se calassem. Não me obedeciam. Então, depois daquela infernal música telefônica que não parava nunca, começaram a bater na porta do apartamento. No início, eram pancadas educadas, talvez do garçom dos R$100,00. Depois pancadas e gritos chamando pelo "seu Celso". Olhei para o ricto. Tinha relaxado, e o espelho cada vez mais atraente. Os gritos aumentavam, assim como as batidas na porta tinham se tornado um barulho solidário entre os murros e chutes. O espelho me olhava. Eu olhava para ele. Minha mão desceu para o bolso. Assegurei-me. Ele estava lá. O meu querido e velho amigo. Tirei-o do bolso, sempre olhando para o espelho. Os ruídos não cessavam. Estavam tentando arrombar a porta do apartamento. Decidido, tranquei a do banheiro. Voltei para o espelho. Pelo menos agora eu estaria só. Afinal, sem carregar o peso do meu passado, levantei o revólver. Arrombaram a porta. Mirei a minha têmpora pela segunda vez na vida. Fui transportado para o futuro, pelo menos foi o que pensei no último segundo, logo após perceber a maciez do gatilho.

EDITORAS RESPONSÁVEIS
Janaína Senna
Maria Cristina Antonio Jeronimo

PRODUÇÃO
Adriana Torres
Ana Carla Sousa

PRODUÇÃO EDITORIAL
Gabriel Machado
Victor Almeida

REVISÃO
Luana Luz
Mariana Oliveira

DIAGRAMAÇÃO
Celina Faria
Leandro B. Liporage

Este livro foi impresso no Rio de Janeiro,
em novembro de 2012, pela Edigráfica, para a Editora Nova Fronteira.
A fonte usada no miolo é IowanOldSt BT,
corpo 10.5/14,5. O papel do miolo é avena 80g/m²,
e o da capa é cartão 250g/m².